転生チート王女、氷の魔術王に溺愛されても冒険者はやめられません！

~「破壊の幼女」が作る至高の魔法薬が最強すぎるので万事解決です~

りょうと かえ

ill. でんきちひさな

■第一章『冒険者ライラ』

ライラは薄暗い森の中を散策していた。光沢ある白銀の髪と黄金の瞳。天使のような美少女がのっしのしと茂みを踏み分ける。

「ふんふふーん」

ライラは四歳。まだほんの子どもだった。黒と赤のフリル付きの服を揺らしながら、ライラは歩く。薄暗い森の中を進むのに全く怯《おび》えずに。

「主様、ここって大丈夫ですか?」

不安そうな声を上げるのは、ライラの隣を歩くレッサーパンダのモーニャだ。モーニャはライラの生み出した従魔兼ツッコミ役であった。

「大丈夫でしゅ!」

「そ、そうかなぁ……うぅ……」

「そんなに心配なら、あたしの懐に入りなしゃい!」

ライラがふわふわのモーニャを抱え、胸元にぐっと押し込む。

「もぎゅ!」

「これで心配ないでしゅ!」

■第一章『冒険者ライラ』

「……ふぁい。主様は前世の記憶があるから強気かもですけど……」

モーニャの言葉にライラがはっとして周囲を窺《うかが》う。

「それは秘密でしゅよ、モーニャ」

ライラの前世はアラサーの日本女性であった。

薬学関係の仕事に就き、ちょっと異世界モノが好きで……。

しかし不幸にも過労から病気で命を落とし、この世界に転生してきたのだ。そのため見た目は可憐《かれん》な幼女でも手と口は達者である。

「大丈夫ですよ、聞いている人なんていないですって」

「油断は禁物でしゅ」

むにむにっとライラはモーニャの頬《ほお》を揉《も》む。もちもち触感がたまらない。

「まぁ……この世界で神様に会うのってとても難しいみたいですし。会ったことあるのは神話の人間だけでしたっけ」

「まー、アレはテキトーな神様でしゅけどね」

病死した日本人としての前世。彼女が白い光に包まれて気が付くと、この世界の赤ん坊に生まれ変わっていた。

広い青空と芝生のくすぐるような感触。

だが意識が目覚めた直後、慌てた神様の声が彼女の頭の中に響いてきた。

『ごめんなさい。ミスりました』

というのも、私が転生したこの赤ん坊は、今にも死ぬ運命だったようだ。ところが日本人の魂がうっかり入ってしまい、その運命がズレてしまったのだとか。

彼女はその話を聞いて、ビビった。

『えーと、もう一回死んでとか言わないよね？』

『そこまで干渉してしまうと、もっと大変なことになりそうで……。しかしこの赤子が生きるとなると、ああ……始末書が……』

神様に始末書があるんかいと思ったが、言わないでおく。

『いずれにしても、助かった命は吹き消せません。かくなる上は、大いなる運命の行方を見守るとしましょう』

『なんかヤケクソじゃない？』

『こほん、ですが大いなる運命を歩むためには、その赤子のままでは力が足りません』

ばぶーと言いながら彼女は手を伸ばす。青空と芝生の温かさを感じるものの、小さい赤ん坊にはそれくらいしかできない。あとはバタ足くらいだろうか。

『そりゃ、赤ん坊だし』

『そういう意味ではなく、もっと直接的な力があるほうがいい――と私は判断しました。すぐに死なれては、さらなる問題を引き起こします』

『生まれた以上はまぁ、死にたくはないけど……。病気も苦しかったし』

『でしょう？　そこでオプションを用意しました。神様による特別授与です』

『おおっ！　もしかしてチート能力をくれるとか？』

『えーと、そういうのは世界のバランスを崩すのでダメです』

『なーんだ……』

『代わりにあなたの身体の遺伝情報を解放し、究極生命体になるのはどうでしょうか？』

『……え？』

『身長は二メートル！　全身の体毛により刃も通さない！　腕も四本、エラ呼吸も可能に！スペシャルサービスで毒牙も付けましょう！』

『いやいやいや！　私は一応、女の子よ？　この身体もそうよね？』

『超人路線は嫌ですか』

明らかにがっかりしている。でも全身剛毛でエラ呼吸できて四本腕で毒牙って、どんな姿になるのだろう？

いくら強くてもそこまで人間離れした姿にはなりたくない。

『……もっと違うのはないの？』

『魔力開花プランならありますけど……。見た目は何も変わらないですよ』

『それでいいじゃない！　それにして！』

『はぁ……エラ呼吸もいりませんか？』

なぜそんなに、この路線を推すのだろうか。赤ん坊の彼女は心の中で絶叫した。

『いらないわよ！』

『ふーむ、そんなに嫌なら仕方ないですね。では魔力開花をしましょう。ちゃらーん！』

神様の声が聞こえ……そこで終わる。何か変わっただろうか。

『えーと……』

『疑うのはもっともですが、完璧に開花させました。これであなたは世界トップクラスの魔術師です！』

『全然そんな感じはしないんだけど？』

『私の電波で脳を操作したんです。もう成人を遥《はる》かに超える魔力がありますよ』

ちょっと気になる言い方だった。もう少しオブラートに包んで欲しい。

『念じてみてください。好きな動物はいますか？』

『うーん、レッサーパンダとかは可愛いなって……』

ライラが一生懸命レッサーパンダをイメージする。

ふわふわでもこもこ。むっちりしててもいい。体毛は白で――そんな風に集中して念じていると、ぽむっと彼女のそばにレッサーパンダが現れていた。

可愛い！　彼女が手を伸ばすと、レッサーパンダが気持ち良さそうに頭を差し出してくれる。

ふわふわの素晴らしい毛並みだった。

「ふわ……んんー。あるじさまー」

「きゃきゃっ！（喋《しゃべ》った！）」

『従魔の魔法、成功ですね。この子はあなたの手足になってくれますよ』

『これは凄い！　ありがとう、神様！』


というわけで、ライラは強大な魔力を目覚めさせてもらい、四歳の今に至るわけだ。とはいえ、生まれた時から気付けば森の中にいたわけだが。

両親も親戚も誰もいない。捨てられたのだろうか、他に理由があるのか。唯一の手掛かりはライラという名前。これは赤ん坊の服に刺繍《ししゅう》されていた。

（でも……他に手掛かりもないでしゅしねぇ）

それからというもの、ライラは有り余る魔力でもって、何不自由なく生きてきた。生まれてすぐに放棄された廃屋を魔法で直し、それを家にしてしまったほど。

さらにはモーニャもいるので、ほぼ森の中で自給自足生活である。

街に出るのは魔法薬の材料を売り買いする時くらいだ。

普通なら親を探しに行くのかもしれないが、見た目はまだ四歳。近隣住民や冒険者はライラに慣れているとはいえ、他の国などでは即通報されるだろう。面倒だ。

探しに行くとしても十年後くらいかなー……とかライラはのんびり考えていた。

今のライラの目標はこの魔力を使いこなせるようになること、そしてお金を貯めることである。

◆

その頃、ヴェネト王国の王都。王都の貴族でも、ひときわ大きな屋敷にて。

乱雑な研究室で現国王の叔父であるボルファヌ大公がフラスコを揺らす。

肥満の巨体が揺れ、片眼鏡の奥からは残忍さが溢《あふ》れている。

「……ククク」

泡立つ黒の液体をフラスコから大瓶に移し替えると、ボルファヌ大公は部下に大瓶を渡した。

「これをシニエスタンの例の場所に撒《ま》いておけ」

「はっ！」

恭しく大瓶を抱える部下にボルファヌ大公が鼻を鳴らす。

「こぼすなよ。こぼせば死ぬぞ」

「は、はい！」

ボルファヌ大公が秘密の研究室から王都の王宮を見上げる。そこには大公が憎む、彼の甥《おい》である現国王がいる。

「あの若造の好きにはさせん。何年かかろうと、奴の妻子と同じく……亡き者にしてくれる」

◆

ライラが向かっていたのは、森の奥地。まだ行ったことのない深部であった。獣の唸《うな》り声がするが、ライラは無視していた。

「他の植物からしましゅと、ここら辺によさそうな——ありましゅた！」

ライラがだだーっと水辺に向かう。そこには金色の睡蓮《すいれん》が浮かんでいた。

この金色の睡蓮は冒険者ギルドでも採取難易度Sランク。高価で取引される素材だった。わずかな太陽光でもきらりと輝く睡蓮に、ライラがうっとりする。

「これでしゅ！」

「……あのー、主様？」

「ちょっと待ってくださいでしゅ」

ライラは睡蓮に手を伸ばし、ふっくらとした花を摘み取る。摘みすぎてはマズいだろうから、よく選ばないと——。

胸元にいるモーニャが後ろを見ている気がするが。

それよりもライラはよく咲いた睡蓮を摘むほうに気を取られていた。

「だから、その、あばばばー！」

モーニャがライラの頬を引っ張る。

「な、なんでしゅか？」

ライラが後ろを振り返ると、そこには巨大な猪《いのしし》がいた。デカい。ライラが思い切り首を持ち上げないと耳まで見えないくらいだ。

「ギガントボアですよ、主様！」

A級魔物、ギガントボア。気性は荒く、単体でも大きな被害が出る魔物だ。

歴戦の冒険者パーティーでさえ勝つのは難しく、本来は十人以上で囲んで討伐することが推奨される魔物である。

それが鼻息を吹かしながらライラを見下ろしていた。

普通なら逃げるか腰が抜けるかをするところ……ライラは冷静だった。

「あたちは今、忙しいんでしゅ！　あっちに行っててくだしゃい！」

「ちょ、ちょっと主様！　ここはもうちょっと穏便に……」

「ふごー！」

ギガントボアが唸りを上げて怒りを露わにする。ギガントボアは体勢を低くして、ライラに突撃する素振りを見せた。

「させましぇん！」

しかしライラは四歳児でも歴戦の魔術師。一瞬の隙《すき》をついて、バッグから小瓶を取り出してギガントボアへ投げつける。

光爆の魔力がたっぷりと込められた小瓶は狙い通り、ギガントボアの顔面へと到達し——白い閃光《せんこう》とともに大爆発が巻き起こった。

「あばばー‼」

「もう、いい加減慣れてくだしゃいな」

「慣れないですよ！　まぶしいっ！」

閃光が終わるとギガントボアは焼け焦げ、クレーターができあがっていた。これがライラの魔力の使い方であった。

前世で薬学関係の仕事をしていた、研究者気質のライラは今、魔法薬作りにハマっていたのだ。この爆裂薬もライラの成果のひとつである。

「また自然を破壊してちまいました」

ライラが呟《つぶや》くと、似たようなクレーターが点在しているのがわかる。

魔物に襲われるたび、ライラはこの爆裂薬で撃退していた。魔物はライラの膨大な魔力を感知できないのか、それとも四歳児で甘く見られているのか……。

心の中で焼け焦げたギガントボアに祈りを捧《ささ》げ、ライラは泉に向き直る。

「とりあえず金色の睡蓮を採取しましゅ」

「そ、そうですね」

小さなハサミでさくっと金色の睡蓮を採取したライラは、バッグから小瓶を取り出した。小瓶の中では虹色の火花と砂がちらちらと踊っている。

ライラの一番好きな魔法薬だ——その名もテレポート薬。マーキングした場所に瞬間移動できる魔法薬である。

「じゃ、そろそろ戻るでしゅよ」

「この魔物はどうするんです？」

「もちろん持って帰って、売るでしゅ！　魔法薬のけんきゅーにはお金がかかりましゅからね！」

ギガントボアの骨もA級魔物だけあって、かなりの値段で売れる。

「おっと、薬をかけとかないとでしゅね。魔物の身体は放っておくと、大地に還ってしまいましゅから」

魔物は動物のように見えても、純粋な魔力の結晶体だ。その肉体は死んで数時間もするとたんぽぽの綿のように消えてしまう。

「そーれっと！」

モーニャがバッグから取り出した毒々しい紫色の魔法薬を小さなシャワーのように振りかける。これで数日くらいは保存できる。

他には専用の解体ナイフ、解体魔術で保存する方法があるが、ライラにとってはこれがもっとも確実で手っ取り早かった。

さらにこの紫色の保存液は食べられないとされている魔物の肉を、食べられるようにもする。

「よし、これで憂いなしでしゅ」

ちょっとした小銭稼ぎも見逃さないのがライラだった。ライラはテレポート薬の瓶を開けて、中身を振り撒く。

同時に心の中でイメージを膨らませる。目指す先は自宅の庭。

虹色の砂が弾けるように空に舞い、陽光を取り込む。砂がぱちぱちと音を鳴らしながら大気に混じり、すっとライラたちの意識が遠くなっていった。


一瞬の後、ライラたちは森と平野の境界にある自宅へと戻ってきていた。こんがりギガントボアくんも一緒である。

気が付いたら森にいた赤ん坊のライラが成長して、これまで四年ほど。

さすがに見知った人間の誰もがライラがただの四歳児ではないと知っていた。

大人顔負けの言葉と知性、それに常人を遥かに超えた魔力を持っているのだから。

「さてと、ちょっと休んだら街に行くでしゅ。素材を売らないといけましぇん」

「はーい。ご飯はどうするんですか？」

「コレにしましゅ」

ライラがぴっとギガントボアを指差した。魔物の肉は毒。

だが、さっきの薬で食べられるよう解毒されている。

「ラジャーです！」

モーニャがすっと爪《つめ》を振るうとギガントボアの肉がポロポロと切れる。情けないように見えて、モーニャもライラの眷属《けんぞく》。このくらいの芸当はお手の物であった。

モーニャの力で肉がすぱすぱ切れる。しかしこれでは味付けが足りない。

「このお肉には……やっぱり焼き肉のタレでしゅ！」

ライラはバッグからお手製の調味料の小瓶を取り出した。前世で味わっていたにんにくと醤油《しょうゆ》と他にも色々……醤油は見様見真似だが、美味しい黒ソースである。

モーニャもこのタレは大好きで目がない。

「わーい！」

もぐもぐ……。付け合わせは水筒の葡萄《ぶどう》ジュースだけ。

ボアだけあって濃厚な豚の風味と旨味。その両方が口に広がる。

「うーん、いいでしゅね」

「脂がほろほろですぅ！」

味は濃くても肉は柔らかい。ふたりは満足するまでワイルドに朝食を済ませる。

「んむ、食べまちたね」

「お腹いっぱいですー……」

ライラとモーニャは自宅に入った。ごちゃっと色々なモノが散乱するが、所々のインテリアには高価な代物が使われている。もっともそのほとんどが、人からの貰い物であったが……。

ここ一年ほど、ライラは冒険者としての活動を本格化させている。

その成果がこれらの貰い物であった。

『帝国西部　最優秀冒険者様へ』

これは冒険者ギルドから贈られた金箔の楯であった。

『魔物の氾濫を食い止めた功績を賞して』

これはかつて救った街の領主にもらった感謝状……などなど。

「ふぅ、ちょっとお休みでしゅ……」

魔力はあっても四歳児。遊んで食べると眠くなる。頑張れば起きていられるが、今日はもうさほどの用事がないので、起きている意味もない。

「おやすみでしゅー」

ライラはモーニャを抱えたままソファーに倒れ込むと、すやすやとお昼寝タイムに入った。

ふわっふわのモーニャは抱き枕にぴったりで、その胸元に頭を埋めるとすぐに眠気がやってくる。

「……ふにゅ」

すやすや……。

これが異世界へ転生したライラという幼女の日課であった。

ぺしぺし。ライラの頬をモーニャが軽く叩《たた》く。

「主様、そろそろ起きましょうよ～」

「ふぁ……もうお昼でしゅか？」

「もう午後です。ギガントボアを売りにいくのでしょう？」

さすがにお肉は美味しくてもモーニャ的には家の前に置きっぱなしは嫌なようだ。

「そうでしゅね。狼《おおかみ》とか来ても嫌でしゅし」

モーニャがびくびくっとなる。普通の狼には負けないだろうに、モーニャは犬系統が怖いらしかった。

ということで顔を洗って着替えて、家からごそごそと売りに出すものを見繕う。

そんな中、ひとつの品物を手に取ってライラは悩んでいた。

さきほど使った爆裂薬――の失敗作である。

「……うーん」

「売っちゃっていいんじゃないですか。威力は成功品の数十分の一ですけれど、欲しい人はたくさんいるでしょうし」

「そうでしゅね。あたちの魔法薬は世界を変える危険がありましゅけれど……失敗作なら別にいいでしゅ」

この魔法薬を作り始めて以来、ライラは自分にひとつの決まりを設けていた。

それは攻撃系の魔法薬はむやみに売らないこと。

というのも、ライラの魔法薬はこの世界では規格外の威力があるからだ。初めは気が付かなかったのだが、どうも強すぎる魔力のおかげでそうなってしまったらしい。

回復系のポーションはいいとしても、爆裂薬は悪用されればテロに使われてしまう。

(さすがにそれはマズいでしゅからね。あたちのせいでこの世界がめちゃくちゃになるのは望まないでしゅ)

自分が好きなことをできる生活でライラは十分満足していた。

そもそも四歳にこの世界のことがどうこうできるとも思えなかったが……しかしこのバランス感覚をなくしてはいけないとライラは考えていた。

「数十分の一の威力だから、倒せるのはすごーく弱い魔物でしゅね」

人間なら致命傷にはならないだろう、多分。

「ギガントボアは倒せないでしゅ」

「そ、そうでした……」

モーニャがぶるっと震える。そんな怖がりのモーニャをライラがふにふにと撫《な》でる。

「モーニャはあたちが守るから大丈夫でしゅ」

「主様ーー‼」

もふもふ。ライラは一通りモーニャを堪能すると、荷造りを再開した。

どでかいバックパックに売る物を詰め込む。後ろから見るとライラの上半身が見えなくなるくらいのバックパックだ。

身体を流れる魔力のおかげでこれだけ大荷物でも平気だった。

戸締まりを確認し、ライラとモーニャは庭に出る。

「じゃ、行きましゅよ！」

「はーいです！」

ライラがテレポート薬を取り出し、空へと放つ。

向かう先はこの地方でもっとも大きな冒険者ギルドのあるところだ。虹色の光がライラとモーニャ、そして焼け焦げたギガントボアを包み込んだ。

「到着でしゅ！」

テレポートした先は数十キロ離れたグルーガの街、そこの冒険者ギルドであった。

ホテルのように品格あるフロント、ピカピカの床。ここに所属する冒険者にむさくるしい野蛮な人間はいない。洗練された人材しか受け入れないのだ。

ライラたちはそんな冒険者ギルドのロビーのど真ん中にどーんと到着した。いきなりの出現に冒険者たちが飛び上がらんばかりに驚く。

「おあああ⁉　なんだぁ⁉」

「ギガントボアじゃねーか！　びっくりしたぁ！」

ビビリあがる冒険者にモーニャが頭を下げる。

「すいませんすいません、お世話になりますぅー」

「失礼しましゅた。どうぞ、お気になさらずにでしゅ」

とはいえ、グルーガの冒険者はライラには慣れてしまっていた。

「あ、ああ……ライラちゃんか……」

「またデカい魔物をしとめてきたなぁ」

これ以上の混乱はなく、受付嬢のお姉さんがぴゅーっと飛んでくる。

「ライラちゃん！　もしかして売り出しでしょうか⁉」

「あい！　ウチの森で今朝、しとめましゅた。買ってくだしゃい！」

「喜んで！　ふむ、これは間違いなくギガントボアですね。これほど立派な成体は珍しいです。

しかも内部にはさほどの傷もなく……」

「ちょっと食べちゃいましゅたけど」

「まぁまぁ、綺麗な切り口ですから問題ではありません」

「あとこれも売るでしゅ！」

モーニャがバックパックを開けて、買い取り希望品をぽいぽいと外に出す。

金色の睡蓮、純粋な光苔《ひかりごけ》、清らかな川のサファイアなどなど。

「おっと、貴重な素材ばっかりですね！」

「貯め込んできましたでしゅ」

「いつもありがとうございます。全部、買い取らせていただきますね！　どうぞ査定が終わるまでこちらでお待ちください」

案内されたのは冒険者ギルドの休憩所。上客であるライラ用の小さなベンチが置いてある。

甘いジュースを渡されたライラは脚をぷらぷらさせながら、査定を待っていた。

ヴェネト王国は冒険者が多く、簡単な魔法であれば誰でも使える魔法先進国だ。

なので渡される飲み物も美味しくて安全で、休憩所も整っていて居心地がいい。

(他の国はけっこーヒドいでしゅからね)

ヴェネト王国は国は大きくないが、総合的には豊かだ。ライラの性には合っている。

休憩所では大勢の冒険者が寛《くつろ》いでいた。食事中の者、うたた寝している者、武具の手入れをしている者……そしてお喋りをしている者。

「なぁ、聞いたか？　北のシニエスタンでまたS級魔物が出たらしい」

「最近多くないか？」

「明らかに異常だな。噂《うわさ》ではバルダーク侯爵だけじゃなくて、国王陛下も出陣されたとか」

「魔術王様か……。それほどの事態とはなぁ」

ごくごく。ライラはジュースを飲みながら聞き耳を立てていた。

ヴェネト王国は元冒険者が建てた国だからか、冒険者の待遇もよい。そのために生きた情報がそこかしこに転がっている。

シニエスタンはこのヴェネト王国の北端に位置する採掘都市だ。

一年中少し肌寒いヴェネト王国の中でも吹雪が多い寒冷地だが、付近では良質な鉱石や貴重な素材が採取できる。

北の国境に位置する要衝の街でもあるため、王国にとって戦略的にも経済的にも重要であり、決して放棄できない。

さらには北に竜の国もある。閉鎖的で人族にはめったに関わってこないが……。

ライラもシニエスタンには数回、行ったことがある。川魚と鹿肉が美味しかった。

（……これだから冒険者ギルドにはたまに来なくちゃでしゅ。いい情報を聞きまひた）

国王アシュレイ、流麗な銀髪で絶大な魔力を誇る若き王だ。氷の魔術王と呼ばれたりしている。遠くから見たことはあるが、まさに天の使いかと思うほどの偉丈夫だ。

しかし国民から熱狂的な支持がある反面、門閥貴族とは折り合いがよくないらしい。まぁ、才能も見た目もいい若者なんてご老人からしたら邪魔なだけだろう。

（こーいうのはどこも同じでしゅねぇ……）

モーニャがちょんちょんとライラの肩を叩く。

「主様、まさかシニエスタンに行くんです？」

「もちろんでしゅ。しかも国王様もいるんでしゅからね」

「貴族に仕えるのは嫌って言ってませんでした？」

「今のあたちを雇う貴族がいたら、それはそれでヤバいと思いましゅけど……でもコネは欲しいでしゅ。理想は金は出してくれて口は出さないスポンサーがいればベストでしゅよ」

「コ、コネ……」

モーニャが白いもふもふ手をこねこねする。

「ここらで王様に顔を売るのも悪くないでしゅ。魔物も倒して地域社会にも貢献でしゅし！」

「まぁ……主様がきちんとお考えなら」

「奥歯に物が挟まったような言い方でしゅね」

「あそこは寒いから行きたくないのです」

「……」

モーニャは寒がりであった。

冒険者ギルドで買い取りをしてもらい、金貨五十枚をゲットした。金貨一枚が地球換算で十万円くらいの価値なので、これで五百万円ほど。この世界の田舎なら余裕で一年以上生きていける。

「ふっふーん♪」

ライラはそのお金で素材を買う。今、力を入れているのは身体改造系の魔法薬の研究だ。大人になったとき、自分が病気などで苦労せず済むように……である。もちろん大量生産ができれば荒稼ぎもできるだろう。

（ついでに寒いシニエスタンのため、もこもこのダウンやらの防寒用具も買っていくでしゅ）

金貨があっという間に半分以下になり――ライラは意気揚々と買い物コーナーを後にした。

フード付きの厚着にモーニャも挟まり、準備完了。ライラは再びテレポート薬を手に取る。

「シニエスタンにレッツゴーでしゅ！」

「はふ、吹雪でないといいですねぇ」

「じゃあ皆様、またでしゅ！」

冒険者ギルドの知り合いに手を振り、ライラは北へとテレポートしていった。

■第二章『魔術王との出会い』

虹色の光を抜けて、ふたりがぽむっと着地したのは……無人の氷原であった。叩きつけるように雪が吹き荒れる。視界は雪に遮られ、ろくに先も見えない。

街中にテレポートしたのに、見渡す限り誰もいなかった。

「……あれれ？　おかしいでしゅ」

半年ほど前にシニエスタンにテレポートした時には、確かに冒険者ギルドへ到着できていたはずなのに。モーニャが首を左右に振り回す。

「主様、ここは……シニエスタンの冒険者ギルドじゃないですよね」

「でしゅね。マーキングがズレるなんて、そんな例はなかったでしゅから……冒険者ギルド、移転したみたいでしゅ」

「ギルドどころか、街自体がないですよ！」

モーニャの叫びにライラが腕を組んで考える。

「シニエスタンがなくなったはずはないでしゅ。きっとちょっとした区画整理でしゅよ」

「あ」

首をふりふりしていたモーニャが右を向いたまま、固まる。ライラはそれに気付かずに思考を進めていた。

「まぁ、あたちの魔力があれば数十キロの移動も楽勝でしゅが。でも視界が悪いでしゅから、テレポートで出戻りもありでしゅね」

マイペースなライラの襟首をモーニャが引っ張る。

「主様、あれ！」

「なんでしゅか！　むっ……！」

思考を引き戻されたライラがモーニャの指す方を向くと、吹雪の向こうにひときわ巨大な影が動いていた。四つ足で転がる大岩のごとき魔物。体長は十メートル近い。ゾウ並みの巨体だ。

さらに特徴的な大きく広がった角が、吹雪の切れ目からわずかに見える。

「あれは氷河ヘラジカでしゅね」

その名の通り、氷に閉ざされた地でしか見られないS級魔物だ。あの巨体で目についたものを角と脚で壊してしまう。

しかも群れで行動し、暴れたら街ごとなくなることも……。

しかし雪原にいたのは氷河ヘラジカだけではなかった。

なんだか人影が氷河ヘラジカの前に見える。

「こっちに向かってきてません!?」

「あや。追われてるんでしゅかね」

ライラが目を細めると、軍装をした女性兵士が必死になって走っている。

どう見ても追われていた。

ライラの見たところ、女性兵士に魔力は感じるが氷河へラジカには遠く及ばない。

このままだと踏み潰されて雪原の真っ赤な花になりそうだ。

「雪で見えなくて、魔物に近付きすぎたんでしゅかね。運がないでしゅ」

「ちょっと！　助けないと！」

「わかってましゅよ。でも、まだ射程外……」

「こ、こども!?　どうしてこんなところに――」

女性兵士がライラに気付いて驚愕している。こんな極寒の地に四歳児がいたら、そういう反応にもなるだろう。

「もうちょい、こっちに……」

ライラは冷静に氷河へラジカとの距離を読んでいた。バックパックの横に挟んだ小瓶を取り出し、構える。もう少し、もう少しだけ引き寄せてもらって……。

女性兵士が叫ぶのとライラが小瓶を投げるのは同時だった。

「逃げなさい――」

「伏せてくだしゃい！」

「えっ？」

魔力で強化されたライラがフルスイングで小瓶を投げる。小瓶は女性兵士を飛び越え、氷河ヘラジカに当たり——ドゴォッと猛烈な爆発が起きた。

紅い閃光が巻き起こり、十字架に似た軌跡を打ち出す。一瞬の後に高熱と衝撃波が氷河ヘラジカを包んでいた。

「ぐもー‼」

「な、なんですかぁ⁉」

すんでの所で伏せた女性兵士が叫ぶ。

これも爆裂薬の一種だが、範囲は狭い代わりに破壊力は増大している。S級魔物でさえ、一撃だった。残されたのはいい具合に焼けた氷河ヘラジカ。

ぷすぷすと煙を上げて、完全に事切れている。

「なっ、氷河ヘラジカが……」

「んふー、怪我はありませんでしゅか？」

女性兵士に近寄ったライラが声をかける。巨大なバックパックを背負った幼女。明らかに怪しい……が、ライラがいなければ激怒した氷河ヘラジカに踏み潰されていたかもしれない。

「あ、ありがとうございます。助かりました！」

女性兵士がぺこりと礼儀正しく頭を下げる。さらりとした金髪に真面目で凛々しい顔立ち。それに防寒具のコートもかなりの高級品、勲章も付いている。

ライラは女性をそれなりの位の軍人だと判断した。

「おっと、すみません！　自己紹介をしなくては……私、近衛騎士のシェリー・メイカと申します！」

（おおう、大層な家柄でしゅた！）

メイカ家はヴェネト王国では新しめの伯爵家だったはず。ちゃんと主だった貴族の名前はリサーチ済みのライラである。

「あたちはライラでしゅ！」

「モーニャですぅー」

「ライラちゃんにモーニャちゃん——もしかして、南方で大活躍の冒険者さんですか？　森の魔女との異名を持つ？」

シェリーが目を輝かせ、尊敬の眼差しを送る。こうした視線にライラは弱かった。

「そうでしゅ、あたちが今大絶賛売り出し中の冒険者のライラでしゅ！」

「おおっ！　やはり！」

一通り、いい気になった後にライラはシェリーに問いかける。

「で、シェリーはどうして氷河へラジカに追われていたんでしゅ？　他の人もいないようでしゅけど。まさかお仲間しゃんはぺちゃんこに？」

「ひぃ」

モーニャが震えるが、シェリーはぶんぶんと首と手を振った。

「いえいえ！　私は斥候《せっこう》で単独行動をしていたんです。氷河へラジカの群れを偵察していたんですが、運悪く群れの斥候と鉢合わせで……」

「ありゃりゃ」

「追われる前に信号弾を発射しているので、救援が来るはずです。合流しましょう。お礼もしたいですし」

「そうでしゅね、ここには何もないでしゅ」

情けは人の為ならず。自分に返ってくるものだ。

と、そこで背筋がぞわりとした。強大な魔力の持ち主が近付いてくる。

気配がしたのは、空から。

ライラが思い切り首を持ち上げ、猛吹雪を見つめる。シェリーが慌てた声を出した。

「あ、あれは……‼」

一筋の銀光が流れ星のように吹雪を切り裂く。飛行魔術だろうか。

空を飛ぶ魔術は非常にセンスが必要で、ライラも安定しない。どうしてもこの四歳児のボディだとまだ難しいのだ。

それをこんな吹雪の中で飛んでくるとは——大した魔術師だ。

「こっちに来ますね、主様」

「でしゅね。偉い人かもですから、きりっとしましゅよ」

銀の流星はライラたちの元にどんどん近付く。

そして、雪を舞い上げながらひとりの男が着地した。

放っていた魔力と同じ色の銀髪。鋭い眼光に彫りの深い顔……非現実的なまでの美貌で、街中にいたら振り返ってしまうだろう。

背も非常に高い上に手足も長い。身長百八十センチは超えているだろうか。ここまで均整の取れた肢体を近くで見たことがなかった。

(前に見た時は遠くからだったけど……とんでもない美形でしゅね)

まぁ、こんな四歳児など恋愛対象外だろうが。ライラも精神的にはそこそこの年齢だ。

彼こそが氷の魔術王アシュレイ——このヴェネト王国の主である。

「陛下！　御自らここに⁉」

「救援ならこのほうが身軽だ。ふむ……その必要はなかったようだが」

「はい！　あたちが助けましゅた！」

ライラが手を上げるとアシュレイがライラと氷河へラジカを交互に見つめる。

「空から見たが、あの魔力の爆発は君が起こしたのか？」

「でしゅ！」

ライラがどーんと胸を張る。

「氷河ヘラジカはS級だぞ。魔力耐性も高く、普通の魔法で倒せる魔物ではないが」

「それが倒せちゃうんでしゅ！」

「は、はい……私もこの目で確かに見ました！　このライラちゃんのおかげです！」

シェリーがライラのそばに屈み、手を添える。保護者と幼稚園児みたいな構図だった。

「……疑ってはいない。そばにいれば潜在魔力の強さが桁外れなのがわかる。改めて我が兵の命を救った礼を言おう、俺はアシュレイ・ヴェネトだ」

「ライラでしゅ！」

「モーニャです！　あっ！　敬語のほうがよかったです⁉」

「いや、宮廷内でもないゆえ無礼講だ」

しかもレッサーパンダだしな、とアシュレイは心の中で付け足した。

「いい人でしゅね、モーニャ」

「よかったですぅー。見た目も高貴ですけど、内面もまた素晴らしいのですね！」

「氷の魔術王様っていうから、怖い人かもと思ってまひた」

ライラのこそこそ話にシェリーが補足する。

「陛下の異名、氷の魔術王はその銀髪と氷雪、氷の魔術を得意とするからで――お人柄が冷たいわけではありませんよ……！」

「なるほどでしゅ」

そんなふたりの会話の横で、アシュレイがじーっとモーニャを見つめていた。

「従魔か、これは……？」

アシュレイはライラのそばに歩み寄る。上半身だけをコートから出したモーニャに、アシュレイは興味津々だった。

「驚いた。常時の実体化のみならず独立した知性まであるのか」

「そんなにみ、見ないでくださいー」

「……従魔については詳しくないのですが、それほど凄いことなのでしょうか？」

「世界で数人もおるまい。S級魔物の討伐より、こちらのほうが信じがたい……」

「もっと褒めてもいいんでしゅよ」

「どこでこんな魔術を手に入れた？」

「秘密でしゅ！」

「親は？」

「わかりましぇん！」

「……なぜこんな無人の氷原に？」

「あたちが聞きたいくらいでしゅ！」

「実はですね、最寄りの街からテレポートで――」

モーニャがかいつまんで説明するとアシュレイがふむふむと頷《うなず》く。

「なるほどな、マーキング式のテレポートか。従魔ほどではないが、そうした高度な魔術も使えるんだな」

「驚かないのでしゅね？」

「俺も使える」

「さすがでしゅね」

「こほん……街は防衛上の理由で、数キロ区画整理した。なので冒険者ギルドはあちらの方角だな」

アシュレイの指先が東を示す。まるで見えないが、あちらの方角にシニエスタンの街があるらしい。

「だが、氷河へラジカの討伐に来たのだろう？　それなら本営に案内する」

「いいんでしゅか？」

王侯貴族が一介の冒険者の手を借りたい、というのは面子《メンツ》上、あまりない。

しかしアシュレイの目は静かであるが闘志が奥底で揺らめいていた。

「今は緊急事態だ。戦力はひとりでも欲しい。……しかるべき報酬も出そう」

「おおっ！　太っ腹でしゅね！　それならもちろん、参戦しましゅ」

「現金だな」

「何か言いましゅたか？」

「いや、俺もライラも実利主義者ということだ」

確かに、とライラは思った。

初対面でありながらアシュレイには王族らしい傲慢さがない。ぽんぽん物を言えてしまう。

そしてアシュレイもそれを許容している。シェリーがはらはらしているほどに……。

でもライラにとっては、このぐらいのほうがずっと楽である。報酬も出るなら、断る理由は何もなかった。


アシュレイのテレポート魔術によって、ライラたちは雪原に築かれた軍営に案内されていた。

慌ただしく兵が動き、急ごしらえのレンガ造りの部屋を行き交う。華美なところは一切ない。

アシュレイの後を歩くライラが、何気なく壁をぽこぽこ叩く。軽い音が鳴って、頑丈な気配はしなかった。

「これは魔術でしゅね」

「まぁ、緊急の建物だからな」

こうしたところにもアシュレイの主義が出ている、とライラは感じた。

魔術はいずれ消えるが手軽だ。魔法はずっと残るがより魔力がかかる。

案内されたのは飾り気のない会議室だ。暖炉はあるのでそこそこ暖かい。

「で、あたちはどーすればいいんでしゅか？」

「実は今、氷河ヘラジカを一箇所に誘導している。作戦は最終段階だ」

ほうほうとモーニャが頷く。

「氷河ヘラジカ、何体くらいいるんでしょうか？」

「群れひとつに十から二十体。群れが六つほど。合計八十体ちょっとだ」

その数にモーニャがのけぞった。

「げぇー！　ヤバすぎません⁉」

「下手すると地方ひとつ、無人になりそうでしゅね」

「シニエスタンだけではない。ここは国境だが、近隣諸国にも被害が出る」

「他の国は手助けしてくれないんでしゅか？」

「紅竜王国を除いては、資金面で援助はあった。紅竜王国にも連絡はしたが、何の応答もない。協力すればお互いに利があるはずだが……」

大陸北端にいる紅竜王国は排他的だ。

知性ある竜の国であること以外、ほとんど知られていない。

「氷河ヘラジカは冒険者たちと共同作業で集めた。あとは大火力をぶつけるだけではある」

シェリーが縮こまっている。多分、その誘導がうまくいかなくて彼女は氷河ヘラジカに襲われたのだろう。

「なるほどでしゅね！　それならいいのがありましゅよ！」

「ふむ、そうか……。心強いな。早速、誘導場所に連れて行こう」

会議室から連れて行かれたのは、軍営の裏手だった。そこは切り立った峡谷になっているうえ、行き止まりになっている。追い込むにはいい場所だ。

場所も広く、何百頭もの氷河ヘラジカを閉じ込めることができそうだった。

しかしライラの記憶上、こんな峡谷はシニエスタンの近くにはないはず。

ライラが小首を可愛らしく傾げた。

「シニエスタンにこんな峡谷ありまちたっけ？」

「ない。俺が魔術で作った」

「ひぇー！　さすがは魔術王様ですぅ！」

モーニャが感心する。ライラもこれには驚いた。

「中々やりましゅね……！」

「まぁ、しかし群れを集めて仕留めきれるのか……という懸念は残る。氷河ヘラジカは魔法にも物理にも強い。この峡谷を切り崩しても耐えるだろう」

「手はありましゅよ」

「ほう……」

アシュレイが屈んだので、ライラがこしょこしょと小声で『作戦』を伝える。その作戦にアシュレイが眉をひそめた。

「……手段は問わないが、それで大丈夫なのか？」

「任せてくだしゃい！」

「ど、どんな手なのですか？」

シェリーがこわごわと尋ねる。そこでライラはちっちっと指を振った。

「それは見てのお楽しみでしゅ！」

「プランとしては悪くない。手配しよう。シェリー、ロイドを呼んできてくれ」

その言葉にモーニャが瞳を輝かせた。

「ロイド！　もしかして赤髪のロイドさんですか⁉」

「モーニャ、なんだかうっとりしてましゅね」

「知らないんですか、主様。最高位のダイヤ級冒険者ですよ！　この辺りの諸国では最強とも言われる方です！」

「名前くらいはうっすらと聞いたことがあるかもでしゅ」

魔法薬オタクのライラは金やグルメ、魔法薬に直結しないことには興味が薄い。

同業者のことはモーニャのほうがわかっている有り様だった。

「ロイドは放浪の冒険者だが、最近はヴェネト王国を本拠地にしてくれている。多少、口下手だが……非常に有能で信頼できる男だ」

「ふぅん、評価しているんでしゅね」

アシュレイは門閥貴族と折り合いが悪いという。その意味でも冒険者は都合が良いのだろう。

「四歳児よりは世間的にも重用できる」

「けほっ、反論のしようもないでしゅ」

少しして峡谷に赤髪の青年が訪れた。大剣を背負い、精悍《せいかん》な顔立ちの冒険者だ。

「……この人でしゅね」

身体の奥底に眠る魔力は隠しようがない。ライラやアシュレイほどではないが、常人を遥かに超える力があるのは一目でわかった。

「待たせました……」

穏やかそうな雰囲気とは裏腹に、体格は戦士そのもの。S級魔物と戦うというのに気負いもない。アシュレイがロイドを手で指し示す。

「紹介しよう。冒険者のロイドだ」

「…………」

ぺこりと頭を下げただけでロイドはちょっと身を引いた。

「はぁ、やはり歴戦の冒険者って感じですねぇ」

「人見知りなだけじゃないでしゅ?」

「で、こちらのちびっこが冒険者のライラと従魔のモーニャだ。こう見えてもかなりの魔力があるが、知っているか？」

「……彼女の名前を知らない冒険者などいないよ。なるほど、君がそうなんだね」

ロイドがすっと屈む。屈んでもロイドとは微妙に目線が合わない。ロイドの筋骨ががっしりしすぎているからか。

ロイドの瞳からは静かな闘志が見える。朴訥《ぼくとつ》としていながらも、信頼できそうだった。

同時に探りを入れられているとライラは感じ取った。見られている。

（やっぱり並みの冒険者ではなさそーでしゅね）

「覚悟はできている？」

「あい！　頑張りましゅ！」

「……いい目だね。作戦は？」

立ち上がったロイドがアシュレイに問う。

「予定通りだ。冒険者は総出でこの峡谷に氷河へラジカを追い立ててくれ」

「その後は……？」

「俺と――」

「あたちがやりましゅ！」

ライラが元気良く手を振り上げる。普通なら四歳児のそんな言葉など、信用しないだろう。

だが、ロイドは知っていた。驚異の新星、奇跡のちびっこ、森の魔女、破壊の幼女――ライラの様々な異名を。疑う余地などない。

ロイドが頷き、歩き出す。その足取りは確固たる目標に向かってのモノだった。

「冒険者に二言はないよ。配置につく」

それから数時間。アシュレイが指揮を執る隣でライラは待ち続けた。ゆっくりと本営の緊張が高まっていくのが伝わってくる。

「はふー、大丈夫ですかねぇ」

焦ってくるモーニャの頭をライラが撫でる。伝令から報告を受け取ったアシュレイがライラに向き直った。

「氷河ヘラジカの群れは順調にこちらへ向かっている。もうまもなく、見えるはずだ」

「はいでしゅ」

「……氷河ヘラジカがこれほど集中するというのは、初めてだ」

「そーなんでしゅか？」

「氷河ヘラジカは気性が荒い。仲間内にもだ。それゆえ数十頭も一気に動くのはめったにない」

モーニャがふむふむと頷く。

「へぇー、じゃあ完全な不運ですねぇ」

その言葉にライラは押し黙った。

（偶然というのもありましゅが、そうじゃないとすると……）

魔物が暴れる要因は多々ある。自然現象によるものもあるが、人間のせいということもある。

ライラたちがギガントボアに襲われたように。シェリーが追われたように。

ライラの回る思考をアシュレイが優しく遮《さえぎ》る。

「まぁ……原因は解明したいが、まずは目の前の討伐だ」

その言葉が終わる頃には、雪を叩きつけるような地響きが轟《とどろ》いてきていた。八十体もの氷河へラジカが走れば、大地をも揺らす。

「来ましゅたね」

「ああ、こちらも魔法隊は用意しているが……」

「まずはあたちがやってみるでしゅよ！」

徐々に地響きが大きくなり、震源が接近してくる。

ロイドたちは役割を果たしたようだ。

猛烈に雪を撒き散らしながら、氷河へラジカの一団が峡谷に姿を見せる。

角を振りかざしながら突進する氷河へラジカにヴェネト王国の兵士が戦慄《せんりつ》した。あの一頭でも生き残れば、並みの兵士では敵わないのだから無理もない。

「……そろそろだな」

アシュレイがライラと兵に目配せをする。氷河へラジカが峡谷を走り――行き止まりに到達する寸前、アシュレイが腕を振り上げた。

「ライラ、攻撃開始だ」

「はーいでしゅ！」

モーニャがライラのバックパックから大きめの瓶を取り出した。ライラが純色の緑に満たされた瓶を掲げ、狙《ねら》いを定める。

その瓶に内包された膨大な魔力は、魔術師以外にも感じ取れるほどだった。

大きく振りかぶったライラが全身の筋肉と魔力を総動員し、氷河へラジカの群れへ純緑の瓶を投げる。

「とーう‼」

モーニャの風の魔力がプラスされ、瓶は華麗な放物線を描いて飛んでいく。峡谷の最奥部、氷河へラジカの中央に瓶が吸い込まれ——魔力に満ちた緑色の雲が、群れの中に出現した。

「ナイスシュートでしゅ！」

ライラがガッツポーズを決める。緑色の雲は氷河へラジカを飲み込んでいく。

「よし、風魔術で雲を封じ込めろ」

アシュレイの号令が発せられると、峡谷上の魔術師が風を巻き起こす。

強風は峡谷の上から下へと吹き付け、緑色の雲を押し付ける。

氷河へラジカの怒声と足音がすぐに小さくなっていった。

「ふむ、効果が出ているな」

「あたちが丹精込めて作った麻痺毒でしゅよ。効果はバツグンに決まってましゅ」

ライラが放り投げたのは、動物用の麻痺毒だった。緑色の雲が広がり、これを吸い込んだ魔物を眠るように麻痺させるのだ。

「状態異常を引き起こす毒は確かにあるが、これほど強力な毒——どういう風に作用しているんだ？」

「ほら、魔物には核がありましゅよね？　それを麻痺させているんでしゅ」

「明らかにヤバそうな毒だが、人間には大丈夫なのか？」

「雲が消えれば。水に溶けて環境にもいいでしゅ」

この麻痺毒の雲は実際、水に溶けて十分ほど経つと効果が劇的に弱まる。

この峡谷なら雪に吸収され、もう無毒化しているはずだった。

「……その言い方はどうかと思うが」

「ちょっと効きすぎかもでしゅね。まー、そういうこともあるでしゅ！」

ライラもその点はちょっと不思議であった。

想定よりも群れが早く沈黙している。毒の回りが早い。

「群れによって毒の耐性が違うかもでしゅ」

「かもな。あとはお前が凄すぎるかだ」

絶大な魔力と超精密な調合力がないと、こうも上手く働きはしないはずだ。

44

眼下の氷河へラジカはほとんど沈黙した。暴風のごとき群れが峡谷で静かになっている。麻痺毒が完全に回ったのだろう。

その様子にヴェネト王国の兵から歓声が上がった。

「やったぜ！　これなら簡単に討伐できる！」

「しかも無傷でな！」

「あのちびっこのおかげだ！」

「ちびっこ万歳ーー‼」

氷河へラジカの群れが完全沈黙したのを受けて、アシュレイが号令を下す。

「よし、総員！　攻撃開始だ！」

峡谷の入り口にいた冒険者も動員し、氷河へラジカへの徹底的な攻撃が行われる。魔力が七色になって爆ぜ、魔物の群れを打ち倒す。

もちろん、その中で最強の魔力を持っていたのはアシュレイだった。巨大な氷塊を操り、群れへと叩きつける。

「しゃすが、おーさまでしゅ。強いでしゅね」

「近衛の皆さんも強いですねぇー」

用意された椅子の上で足をぷらぷらさせながら、ホットミルクをぐびぐび。すっかり観戦モードのライラとモーニャであった。

「陛下、楽しそうですね？」

モーニャがこそこそとライラに耳打ちする。

ちらり。アシュレイは全身から魔力を張り巡らせ、魔術を解き放っている。

ありったけの魔力を魔物討伐に振るっていた。今度は爆炎の魔術だ。

地上で花火のような炎が広がり、群れを押し包む。さっきまでのクールな雰囲気はまるでなく、戦いを心底楽しんでいるバーサーカーみたいだ。

「こういうのが好きなんでしゅよ、きっと」

「陛下がですか？」

「じゃなきゃ、最前線に来たりしましぇん」

「それもそうですねぇー」

「ま、兵は頼もしいでしゅよ。魔物相手に引きこもる王様に従いたくはないでしゅからね」

ライラはずずずーっとホットミルクを飲む。

それよりも気になっていることがライラにはあった。アシュレイが指摘した通り、毒の効果が強すぎるように感じる。

この麻痺雲はライラ自信の一作だ。自分で調合したのでよくわかる。

（なーんででしゅかねぇ……）

大気に満ちるアシュレイの魔力とその残滓《ざんし》は渓谷に残っていたと思う。それらがライラ自身の魔力と何らかの相互作用を引き起こした……というのは考えられるだろうか。

「モーニャ、妙なことを聞くんでしゅけど」

「あーい？」

「あたちと王様の魔力って似てましゅ？」

「んー？　んー……」

モーニャがたぷたぷの頬をライラに向け、ヒゲをぴくぴくと動かした。

「……そうかもですね。なんででしょう？」

「それは——」

ライラが言葉を続けようとした、その時。アシュレイの高揚した声が聞こえてくる。

「氷河へラジカの討伐を確認した！　作戦は成功だ！」

同時に割れんばかりの大歓声が峡谷を揺らす。

「終わったみたいですねぇ」

「でしゅね！」

ライラが椅子からぱっと飛び下りた。アシュレイも息を整え、ライラを振り返る。

「よし、下に向かうぞ」

「あーい」

ライラたちは峡谷の下へと向かった。

そこではロイドを始めとする冒険者たちも勝鬨《かちどき》を上げている。

「群れを倒したぞー！」

「終わったぜぇー‼」

「やったぁーー‼」

冒険者が兵士と肩を抱き合い、お互いに労《ねぎら》を労っていた。この作戦はヴェネト王国の兵と冒険者の協力によって成功したのだと、両者がわかっているのだ。

一団の中からロイドが進み出てくる。

「……勝ったね」

「感謝する。怪我人は出たが死者はなし——完璧と言っていい形で群れを討伐できた」

「ふふん、あたちの魔法薬でしゅからね」

「少しえげつないかもしれないがな」

「えげつない⁉　こーりつてきと言ってくだしゃい！」

ロイドはさすがに疲れてそうだ。

「末恐ろしい子だ……」

言葉も少ない。アシュレイはライラとロイドに向き直る。

「ふっ、確かに……この上なく、効率的ではある。さて、これから氷河へラジカを解体するが……どうする？」

「おおっ！　そうでしゅね……」

　S級魔物の氷河ヘラジカは様々な素材に変わってくれる。角や骨は高値で売れ、魔法薬の素材にもぴったりだ。

　魔物の死体は放っておくと大地に還る。その前に処置をしないと無駄になってしまう。

「今回の討伐は冒険者あってのもの。優先的に素材は譲ろう」

「王様、太っ腹ー‼」

「そうこなくっちゃっ！」

　大盛り上がりの冒険者たち。これぞまさに特別ボーナスというやつだろう。

「人心掌握が上手いですねぇ」

「兵の魔力と体力がもうないだけじゃないでしゅかね」

　アシュレイの兵は魔術で疲労していた。これだけの氷河ヘラジカを優先的に解体するのは無理だろう。それなら冒険者に譲ったほうがお得というものだ。

「はぁー、ちゃっかりしてますねぇ」

　そこにアシュレイの言葉が降ってくる。

「ライラ、君ももちろん対象だ。氷河ヘラジカで好きな部位を持っていくといい」

「そうでしゅね……んむ、あたちはお腹ちゅきましゅた。まずは食べましゅ」

「は？」

アシュレイが動きを止める。魔物の肉には毒がある。なので食べることはできない。

それが常識だった。周囲の兵士もライラの言葉に慌てる。

「いやいや、ちびっこちゃん！　魔物は食べられないよ！」

「そうだよ！　お腹を壊して何日も寝込んじまうぜ！」

ロイドもライラを疑いの目で見ていた。

「……食べても大丈夫なものなの？」

「ふっふーん、甘く見ないでくだしゃい！　あたちにはコレがあるんでしゅから！」

ライラはバックパックから紫色の魔法薬を取り出した。

朝方、ギガントボアにも使った代物だ。

「これをかければ魔物も保存できて、しかも肉から毒がなくなるんでしゅよ！」

「本当か……？」

「試してあげるでしゅ！　モーニャ、形の残ってる氷河へラジカにかけてきてくだしゃい！」

「はいですぅー」

魔法薬の瓶をいくつも持ったモーニャが空を飛び、ぱっぱと液体をかけていく。

「カットもよろしくでしゅ」

「はいはーい。これなんかイイ焼け具合かも」

モーニャがいい感じに燃えた氷河へラジカの肉体を風の魔術で切り分ける。

ふたりのあまりに手慣れた動きに誰もツッコめない。見守るしかないアシュレイにライラがお願いをする。

「おーしゃま、皆にお皿とナイフとか配ってくれましぇん？」

「あ、ああ……」

謎の自信に満ちたライラ。その圧に押されるがまま、アシュレイはシェリーに命じて食事セットを配るように伝える。

すぐに皿やナイフが配られ、その上にモーニャが氷河ヘラジカのステーキ肉をよそっていく。

皿の上に鎮座した肉に、冒険者も兵士も不安げだ。

「なぁ……本当に食べられるのか？」

「俺、見たことあるぜ。魔物の肉を食って口がただれた奴……」

「食べてすぐわかるんだよな？」

皆がライラを見つめる中、当のライラはご機嫌だった。

「さぁ、これで行き渡りましゅたね？　遠慮はむよーでしゅ！　いただきましゅですー！」

「わーい！」

喜んでいるのはライラとモーニャだけ。

皿の上に載る氷河ヘラジカの肉は霜降り、しかもレアだった。肉質はぷるんとして柔らかい。

火自体はそこそこ通っている、ステーキとしての完成度も高そうだ。

「……皆、食べないでしゅね。まぁ、いいでしゅ。じゃあ、あたちから――」

あーんと大きく口を開けて、ライラが氷河へラジカのステーキを頬張る。

「んー！」

脂の甘味と肉の芳醇《ほうじゅん》さがすぐにライラを直撃する。ギガントボアの肉よりも筋が少なく、歯で容易に噛《か》み切れた。

モーニャも頬一杯に肉を詰め込み、味わっている。

「はぁ～、おいひいでふぅ～！」

「焼き加減と脂のおかげで、とってもおいしいでしゅね！」

びっとライラがアシュレイに親指を立てる。

「本当に大丈夫なのか？」

「大丈夫でしゅー、それよりも冷たくなっちゃうでしゅよ」

「……ふむ、そうだな」

アシュレイがステーキを食べようとすると、シェリーがそれを制した。

「お、お待ちを！　陛下の前にわ、わたしくしめが安全を確かめて……!!」

「膝ががくがくしてるでしゅ」

「そ、そんなことは……」

「ふっ、無理をするな。問題はなかろう。確かに魔力の質が少し変わっている……多分、大丈夫だ」

「絶対大丈夫でしゅ」

「信じよう」

アシュレイが優雅な手つきでナイフを振るう。ワイルドなライラとは対照的だった。

兵や冒険者の注目を浴びながら、アシュレイは淀《よど》みなくステーキを口にする。

もにゅもにゅ。しっかり噛んで味わっているようだった。

「……おお、なるほど。これは美味だな。肉と脂のバランスがよい」

「そうでしゅよね！」

「陛下、大丈夫なので……？」

「まず絶品と言っていい。驚いた。宮廷料理に勝るとも劣らない」

アシュレイの評価に触発され、兵と冒険者がおそるおそるナイフを動かす。

次に食べたのはロイドとシェリーだった。

「……美味いな」

「わぁ、思っていた以上の味ですねっ！　とってもジューシー！」

「ふっふーん、どうでしゅか」

「恐れ入った。しかしよく、魔物の肉を食べようと思ったな」

「むしろ食べようとしないのが不思議でしゅ」

「……やはり変わった子だ」

話しながらもアシュレイは止まることなく食べ続けている。他の人も段々と食べ始め――。

「う、うめぇ！　魔物の肉ってこんなにうまかったのか⁉」

「こんな上等な肉、食べたことない！」

味に魅了された人たちがガツガツとステーキを食べまくる。お腹を膨らませたモーニャが風魔法を振るい、さらにステーキを切り分けた。

「はいはーい。おかわりはありますよー。欲しいひとー？」

「こっちにくれー！」

「俺も俺も！　これならまだまだ食べられる！」

「大好評でしゅねー」

どこからか酒やおつまみも出てきて、歌い出す人まで現れる。ステーキ食事会は宴会に変わっていった。戦いが終わり、肉があればどこでもそうなるだろう……まだ昼間であるが、これこそ勝利の祝宴だ。

ライラはとりあえずアシュレイの隣で肉を食べまくっていた。

もちろん秘伝の自作焼き肉タレをかけながら。すーっと身体に味が入ってくる。

「よく食べるな」

「育ち盛りでしゅので」

「ふむ……何歳だったか？」

「よんしゃいです！」

「四歳は育ち盛りというのか……？」

首を傾げたアシュレイがじぃっとライラを見つめる。その瞳の奥はライラには読めなかった。

しかし不思議と不快感はない。なぜだろうか、隣で食事をしていても負担に感じなかった。

一介の冒険者と国王。身分は隔絶しているのに、居心地がいい。

これはモーニャ以外には感じたことのないことだ。

（……どうしてでしゅかね）

アシュレイがフォークを置く。

「立ち入ったことかもしれんが、親はどうしているんだ？」

「いましぇん。記憶もないでしゅ」

「……そうか。気を悪くしてしまったな」

「いいんでしゅ」

その点について、ライラは本当に気にしていなかった。転生者でもある自分は、生まれた時から人とは違う。

親がいないのは前世から慣れているし。

「だとしたら、そのライラという名前は――自分で名付けたのか？　いい名前だな」

「違いましゅよ。これだけがあったんでしゅ」

ライラはモーニャに目配せした。

モーニャが雪原の上のバックパックから、一枚の布切れを取り出す。

森に置き去りにされたライラ。唯一、そうなった経緯の手掛かりが名前の刺繍された布切れだ。これだけはいつどこでも持ち歩くようにしていた。

「……これは」

「あたち、生まれた時から森にいたんでしゅ。なぜだかは知らないでしゅけど。で、これだけが身体に巻き付いてて……へ？」

アシュレイが布を凝視している。普通でないほどに。

「ど、どうしたんでしゅか？」

布を見つめていたアシュレイが囁《ささや》く。雪に溶けそうなほど、小さな声で。

「俺にも娘がいた」

「はい？」

「魔物の群れが妻と産まれたばかりの子の療養所を襲い、ふたりとも死んだ」

ライラは戸惑った。何の話をしているか、さっぱりわからない。

声の調子は変わらず、恐るべきクールさだった。

「……この布は妻の刺繍だ。間違いない」

「ええ～～っ⁉」

「そ、それってどういうことですかぁ⁉」

ライラとモーニャがひっくり返らんばかりに大声を出した。

「この布と共にあった、ということは……お前は俺の娘だ」

「ひぇぇー‼　ど、どーしましょう‼　どーしましょったら、どーしましょう！」

モーニャが慌てふためきながら右往左往する。

「……落ち着きなしゃい」

ぺしっとライラがモーニャにチョップをかます。

「あたちより騒いでどーするんでしゅか」

「主様、冷静ですね⁉」

「驚いてましゅよ。でも考えてなかったわけじゃないでしゅ」

冒険者をしていれば、いつか家族に会えるかもとは思っていた。両親でなくとも祖父母や叔父叔母とか。

自分がここにいるということは、どこかに自分を産んだ人がいるということ。その痕跡が全く消えてしまうとは思ってなかった。

「四年でしゅからね。そんなに昔のことじゃないでしゅ」

「むむっ、さすが主様！　クールでクレバー！」

「……ああ、そうだな」

「でもホントなんでしゅか？　うっかり間違いじゃすまないでしゅよ」

「俺の妻、サーシャはこのヴェネト王国で珍しい黄金の瞳だった。それに魔力の素質は遺伝する。俺とサーシャの子ならば、この桁違いの魔力も頷ける」

黄金の瞳、確かに珍しいとは思っていた。

少なくともヴェネト王国では自分の他に見たことがない。

多くの人の瞳は青色だ。

残された刺繍と黄金の瞳、銀髪。それに魔力。

ライラにも他に親の心当たりがあるわけではなかった。

「へぇー、じゃあ決まりですねぇ！」

「そうでしゅね……」

ごくりと息を呑む。状況証拠は揃《そろ》っていた。

今日はなんという日だろうか。

軽い気持ちで魔物退治に来たはずなのに、まさか父親と出会うなんて。

しかもその父親は、この国の王様だったのだ。

（で、どうしまひょう）

アシュレイもライラも、感動の親子の再会という感じではない。

身体は幼くてもライラの心は大人で、アシュレイもこーいう人間なのだ。

会話が途切れ、なんとはなく気まずい沈黙が流れる。ライラも次に何を言ったらいいか、わからなかった。その流れを変えたのはアシュレイだった。

「ところで、その黒いソースだが気になってしょうがない」

「……あい？」

「とてもいい匂いだ。分けてくれないか」

不器用にもほどがある。これが親子の対話だろうか。でも仕方ない。

「いいでしゅよ」

「食べたら飛んじゃいますよぉ！」

「ほう、楽しみだ」

アシュレイのステーキに、お手製焼き肉タレをかけるライラ。

やれやれ、もっと違う会話の切り出し方があるだろうに――と思いながらも悪い気はしないライラであった。

■第三章『父と娘と』

こうして祝宴は何時間も続いた。日も暮れてきた頃には、氷河ヘラジカの解体もかなり進んでおり——もっとも立派な個体は素材へと変わっていた。

アシュレイとライラのいる場にロイドが素材を持ってやってくる。

ロイドが持ってきたのは、氷河ヘラジカのデカい角の先端部分。ここに魔力が込められているのだ。

「……持ってきたよ」

角の先端部分だけを集めた袋を渡され、ライラが顔を綻ばせる。

「ロイドしゃん！　ありがとうでしゅ！」

「他に欲しいのはあるかな」

「えーと、そうでしゅね……あとは蹄《ひづめ》でいいのがあると嬉《うれ》しいでしゅ」

「それならもうある」

「なんと！　やりましゅね！」

ロイドがもうひとつの大きな袋をライラのそばに置く。中身を確認したライラが頷くと、ロイドがわずかに眉を動かした。

「……どうかしたんでしゅか」

「追い込みで少し不覚をね。大丈夫。あとでポーションを飲むから」

ロイドがライラたちに背を向ける。氷河へラジカとの戦いで傷を負ったということか。

表情からは全然わからない。でも体力回復の魔法薬であるポーションを飲むなら大丈夫かと
ライラは思うことにした。

「お大事に～」

モーニャが声をかけると、ロイドは片手を上げて静かに去っていった。

アシュレイが残された袋を覗《のぞ》き込む。

「それをどうする気だ」

「売りましゅ」

「主様、そんなことをしなくたって……主様は王女なんですよ――もごっ！」

モーニャの口をライラが塞ぐ。幸い、近くに他の人はいなかったが。

「な、何をするんですかっ」

「ぺらぺら喋ってはダメでしゅ、モーニャ」

「なぜだ。お前は俺の娘だ。俺がそう認めた」

はぁーっとライラが息を吐く。

「それはいいでしゅけど、他の人がそう簡単に認めるとは思えないでしゅ」

「むっ……」

さきほどからアシュレイとライラはこの親子の件について話し合っていた。

(この人が父親なのは……いいとして。問題はそれでどうするかでしゅけど)

「……王都にお前を王女として連れ帰る、それは嫌か」

「イヤじゃないでしゅ。でも、あたちは魔法薬作りはやめないでしゅよ」

魔法薬作りはもうライラのライフワークなのだ。それがない生活は考えられない。

それくらいライラは魔法薬作りが好きなのだ。

もちろん、前世を若くして病死で終えた身として、備えておきたい面もあるが。

「今回の分け前もきちっと貰《もら》って換金するでしゅ」

「……ふむ。すぐに換金するのか」

「もちろんでしゅ。素材は放っておくと悪くなって、価値が下がりましゅからね」

「それなら俺も同行しよう」

「へっ?」

「おかしいか? 四歳の娘をひとりで行かせるわけにもいくまい」

「……それはそうでしゅが」

「心配いらん。変装や気配変化の魔術やらを使えば、正体が露見することはない」

「………」

外見的には落ち着いて見えるが、どうやっても同行するという決意に満ちている。

「どうしましょ、モーニャ」

「うーん……断っても追ってきそうですよね？　それならもう、最初から居てもらったほうが」

「でしゅね。尾行されても困りましゅ」

そう決まるとアシュレイがシェリーを呼び、小声で色々と命令する。

「シェリー、ぎょっとしてましゅね」

「どこまで聞かせたのでしょう？」

「さすがにあたちのことは伏せてるはずでしゅ。この場で娘が見つかったなんて言ったら、とんでもないことになるでしゅよ」


数十分後、用意が整ったライラたちはシニエスタンの街へと向かう。

移動手段はアシュレイの飛行魔術なので、ライラは何もせずに楽ちんであった。

一面の雪原を見下ろしながら、郊外へと着地する。

ここからでも街の喧騒《けんそう》は伝わってきていた。

「相変わらず活気がありましゅねー」

「ここは北端の街だからな。魔物も討伐されたし、もっと発展していくだろう」

人混みをかき分けて、一行はシニエスタンの冒険者ギルドへ到着する。

新築の大ホールは大理石で、他の冒険者ギルドよりも遥かに巨大であった。もう勝利の報は伝わっているらしく、慌ただしい活気で満ちている。

「封鎖令は解除だ！　各地からキャラバンを呼べ！」

「氷河ヘラジカの素材が来るぞ！　近隣の鍛冶屋や薬師を確保しとけよ！」

ライラがちらりと見るとアシュレイはフードを被り、いくつもの魔術を使っていた。気配消しの魔術や髪色を銀から青に変えたり……。

ライラの視線に気付いたアシュレイが前を向きながら咳払《せきばら》いする。

「……大丈夫なはずだが」

「あい、パッと見はだいじょーぶでしゅ。待っててくだしゃい」

ライラはそう言うと冒険者ギルドの買い取りカウンターへぽてぽて歩いていった。

ちょっとお腹が重いが……まずは素材を売らなければ。

「まぁ、ライラちゃん！　久し振りね。氷河ヘラジカ討伐の活躍は聞いてるわよ」

「話が早いでしゅね」

「冒険者も現場からちらほら戻ってきてるしね。で、何の用かしら」

「買い取りをお願いしましゅ！」

どん、とライラがバックパックから氷河ヘラジカの素材袋を取り出す。角の先端部分と蹄のいいところの詰め合わせだ。

「これはっ！　まさかさきほど討伐されたばかりの……？」

「そうでしゅ、氷河へラジカのイイ部分だけでしゅよ！」

「承知しました！　査定が終わるまで、少々お待ちください！」

ライラがやり取りを終え、ベンチに座るアシュレイの元へ戻ろうとしているところに、ふよふよ浮かぶモーニャがこしょこしょとライラに囁いた。

「どこから見ても冒険者じゃないですよ」

「姿勢がよすぎでしゅもんね」

服を変えているが、高貴なオーラは隠せていない。貴族の御曹司がお忍びで来ていると全身が主張していた。

そんなアシュレイに女性冒険者のパーティーが近寄っていく。

「……あ」

見目麗しい女性陣に囲まれ……アシュレイは困惑していた。娘の引率で来ただけなのに。

当然、アシュレイも女性のかわし方は心得ている。しかし娘のテリトリーたる冒険者ギルドでどうすればよいのか？

まさか、こんなことになるとは……。

ライラは少し離れたところからアシュレイを観察していた。

「助けに行かないんですか？」

「ちょっと面白いかもでしゅ」

戦闘以外では人間味の薄そうなアシュレイが、明らかに目線を彷徨《さまよ》わせている。

「他人事ですねぇー」

と、アシュレイは視界の端に見覚えのある赤髪の青年を捉えた。

「ロイド！」

「……ええと、誰？　君が呼んだの？」

ロイドが首を傾げながらアシュレイと女性陣のほうへ歩いていく。

「あー、助けを呼んじゃいましたよ」

「女にホイホイついていく人ではなかっただけ、よしとしましゅか」

ロイドはアシュレイのことを彼だと認識してはいないはず。しかし女性陣に囲まれて困っているのは察したようだった。

「ごめん、この人は僕の連れで」

「えー、そうなんだぁ」

残念ーと口々に言いながら、女性陣が退散する。

「ふぅ……」

明らかにアシュレイはほっとしていた。

そのタイミングでライラも柱の陰からすすっとアシュレイの元へ戻っていく。

「ライラ、君も来ていたんだ」

「でしゅ。ロイドも来ていたんでしゅね」

「ああ……ところで陛下がどうしてここに?」

「……わかってたのか」

「さすがダイヤ級冒険者でしゅね！」

もう周囲にはライラたち以外は誰もいない。ロイドがふぅと息を吐く。

「さっきは知らない振りをしたが、正解だったかな」

「ナイス判断でしゅ」

ライラとロイドがベンチに座る。雪原で会った時に比べると、顔色が悪いように見える。

いや、雪原と室内の光の差だろうか。ここは外に比べるとかなり明るい。

(ほんのわずかな差でしゅけど……)

「ねぇ、ロイドしゃん」

ロイドがライラに顔を向ける。

「どこか身体、悪くないでしゅ?」

彼は静かに首を振る。さっきもそうだったが、ポーションで治っていないのだろうか。

それはあり得る。骨までイっているとポーションでは治らない。

「むぅ～」

「どうしたんだ、ライラ」

「気になりましゅね。待っててくだしゃい！」

ライラがバックパックを漁る。奥の奥までぐぐっーと手を突っ込み……モーニャもライラを引っ張った。すぽんっ！

「ふぅ！　取れましゅた！」

「それは何だ？」

アシュレイがライラの手の中にある小瓶に注目する。どろっとした緑の液体の中に赤い斑点が浮いていた。

「さっき見た、毒雲の薬に似ているな」

「失礼でしゅね。これこそエリクサーでしゅよ！　厳選された超貴重な素材をふんだんに使った至高の一品でしゅ」

「料理のフルコースみたいな説明ですよ、主様」

「これがエリクサー……？　初めて見たな」

見た目は毒々しいが、エリクサーは万能の治療薬だ。素材は高価、調合も困難、熟成も必要……だが真に完成すると外傷や病気ならほとんど治せるほど強力であった。

アシュレイでさえ、真に完成したエリクサーは見たことがないほどである。

「これはまだ熟成途中でしゅから、効果は弱めでしゅけどね。でもロイドしゃん、これを飲んだほうがいいでしゅよ」

ライラがエリクサーの小瓶をロイドへと押しつける。ロイドが瞼《まぶた》を数回、ぱちくりさせた。

「……いいのかい？」

「ロイドしゃんにはお世話になりましゅたからね。元気になってほしいでしゅ」

これはライラの本音だった。物静かだが、ロイドは確かに凄い冒険者だ。

それになんだかんだと世話を焼いてくれる。素材集めまでしてもらったのだから、魔法薬で返さねばとライラは感じていた。

しかし高価な贈り物に慣れてないのか、ロイドは小瓶を持ったまま戸惑っているようだ。

「気にせず受け取っておけ。ライラの作ったモノなら間違いない。さっきステーキ用のソースをもらったが、絶品だった」

「……ソースとは全然違うけど」

冷静にツッコむロイド。

「だけど、君の魔法薬作りの腕は信じるよ」

「あい、信じていいでしゅよ」

ロイドが小瓶の蓋を開けて、一気に飲み干す。

本来なら一気に外傷が治るはず。だが——。

「……ぐっ！」

「えっ？」

ロイドがエリクサーの瓶を床に落とす。さらには全身が小刻みに震え、苦しそうに胸を押さえていた。

「ちょっとー！　主様、これって！」

「そ、そんなはずはないでしゅ！」

ライラは大慌てでバックパックをひっくり返す。

（嘘《うそ》、嘘、嘘ーー！　失敗しちゃいまひた⁉）

エリクサーが毒になったのなら、何が解毒薬になるのか。これまでの知識を総動員しながらライラの頭はフルスロットルで回転していた。

「ぐっ、うぅ……」

「動くな」

アシュレイが右手をかざす。その手から白の魔力が放たれて、ゆっくりとロイドを包んでいった。ロイドの荒い呼吸が少し落ち着く。

「治癒魔術だ。本職ではないが、大抵のことならこれで大丈夫のはず」

「おおっ！　素晴らしいです！」

「ふぬぬっ、この間に解決策を見つけないとでしゅ！」

ぽいぽぽいとライラが小瓶を取り出してはにらめっこする。

「いや、待て……ちょっとおかしい。これは――」

アシュレイが白の波動を止めると、ロイドが床に手をついた。

「なんで治癒魔術を止めちゃうんでしゅ⁉」

「見ていろ」

「うっ、おお……っ‼」

ライラたちが見守る中、ロイドの全身がゆっくりと膨れ上がる。さらに赤い魔力が全身から溢れ、ロイドを包んでいった。

「えっ、ええっ⁉」

「なんですかっ、これは⁉」

赤い魔力が満ちていくと、ロイドの全身に鱗《うろこ》が生えてくる。頭も腕も……太く、人ならざる存在へと変化していく。ロイドという人間から爬虫類のような存在へ。

それと同時にロイドの魔力が静かに安定しているようにライラには感じられた。まるであるべき所に波が戻っていくように。

「ま、ましゃか……」

「エリクサーはもしかして、魔術の効果も打ち消すのか？」

「当然でしゅ。かけられた魔術はぱっとおしまいでしゅ」

「例えば今の俺がエリクサーを飲んだら、気配消しや変装の魔術は消える……」

ライラはアシュレイに首肯した。

エリクサーは可能な限り、万全な状態に戻そうと働く。たとえそれが自身でかけた無害な魔術であれ――強化や補助も全部、かき消してしまう。

ロイドの姿があらわになってきた。大の大人の胴体ほどの腕に脚。大きな口に牙と翼と鱗。人ならざる巨大な威容は、図鑑で見たままそっくりであった。

「ドラゴンでしゅか……‼」

ロイドの真の姿。それは真紅のドラゴンであった。

冒険者ギルドの大ホールギリギリの高さにドラゴンが鎮座していた。当然、冒険者ギルドにドラゴンが現れたら大混乱になる。

「な、なんだぁ⁉」

「ドラゴンだーー‼」

「あわわ……どうしましょー！　とんでもないことになっちゃいましたよぉ！」

ロイドが目を細めて周囲を見渡す。すでに冒険者たちは武器を取ってロイドに向けていた。

こんなところにドラゴンが現れたら当然だろう。いつ誰がロイドを攻撃してもおかしくない状況だった。

「待ってくだしゃい！」

ライラがロイドと冒険者たちの間に立ち塞がり、声を上げる。

だが冒険者たちは武器を下ろさない。

大ホールは一触即発で、冒険者たちがライラをドラゴンから遠ざけようとする。

「ライラちゃん、危ないぞ！　そこから逃げなさい！」

（こんなことになったのは自分のせいでしゅ、なんとかしないと……っ！）

必死な気持ちでライラは冒険者たちを見渡す——そこでアシュレイがローブを払い除け、手を振るった。

猛烈な氷の魔力が大ホールの天井に満ちる。

「——静まれ」

身体の芯に響くかのような、声。冒険者たちの殺気がピタリと止まる。そして諸々の魔術を解除したアシュレイを、冒険者たちも認識した。

「陛下っ⁉　どうしてここに——‼」

「本物……いや、こんな魔力は陛下しかいない！」

冒険者たちの注目がロイドからアシュレイに移る。その様子をライラは胸を押さえながら見つめていた。

「勇気ある冒険者諸君、まずは武器を下ろしたまえ。この真紅の竜に危険はない」

あくまで冷静なアシュレイの言葉に冒険者が戸惑う。だが、危険な雰囲気は消えていた。

次にロイドに向かってアシュレイが問いかける。

「真紅の竜よ。君はダイヤ級冒険者のロイドで合っているか？」

やや間があり、真紅のドラゴンが頷く。その言葉に冒険者が驚く。

「あれが……？　確かに髪の色は鱗の色と同じだが……」

「本当にロイドなのかよ……」

冒険者が戸惑う中、アシュレイははっきりと皆に聞こえるように演説を始めた。

「君の活躍は私も知っている。若い身でありながら北方を中心に活躍してくれていた。それは……君が紅竜王国の出身でありながら、人の世界を助けるためだろう？」

こくりとロイドが頷いた。

「皆も知っての通り、紅竜王国は他国に対して門を閉ざしている。どんな国か誰も知らない――だが、諸君はロイドがどういう人物か知っているはずだ」

「そうでしゅ！　今日、みーんなで魔物を討伐したじゃないでしゅか！」

アシュレイとライラの言葉に、冒険者が目線を交わす。やがてひとり、またひとりと武器を収めていった。

「そうだよな、何度も一緒に戦ってくれた……」

「申し訳ありません、俺たち……早まってしまって」

「……ロイド、これでいいか？」

「グルゥ……」

ロイドがゆっくりと頭を下げ、地面に顎をつける。

それは紛れもなく、敵意がない証しだった。


その後、ロイドとライラたちは冒険者ギルドの屋上に来ていた。アシュレイがテレポートを使えてよかった……。大ホールの屋上なので、竜の姿のロイドがいても窮屈感はない。

すでに空は夜になり、星が輝いている。

建物と柱のおかげで、他からも見えない。ロイドが喉を鳴らしてライラたちに話しかける。

「ありがとう……」

ぎざぎざの発音ではあるが、言葉の調子はロイドが人間の時のままだ。

「もしかしてその形態では喋りづらいのか？」

「……グルル」

ロイドが頷く。モーニャがもにもにとした手を打つ。

「なるほど、だからさっきも……。というか、人間の姿って魔術なんです？」

「超高度な魔術だろう。身体のサイズをここまで変えるなんて、人間では規格外ではあるが……さすがは竜族といったところか」

アシュレイの補足にロイドが頷く。

「まぁ、変化の魔術がエリクサーで解除されるとは……効き目がありすぎたんだな」

「……うっ」

ライラは肩を落とした。ロイドはせっかく正体を隠して冒険者をやっていたのに。それをぶち壊してしまった。

「気にしない、で」

ロイドが首を振るい、前脚をライラへと差し出す。ゴツゴツした前脚だったが、赤い鱗は輝いて見えた。

「君の薬のおかげで、体調はすごくいいから」

はにかむロイドを見て、ライラも肩の力を抜くことができた。

「魔力も安定してきたし……ふぅ……」

ロイドが深呼吸して長く息を吐く。巨体の中にある魔力がゆっくりと鳴動し、ひとつの形をなしていった。

一瞬、赤い閃光が走る。竜の身体は消え、そこには人の姿をした冒険者ロイドがいた。

「……うん、これでよし」

「おー、戻りましたねぇ……ふむふむ」

モーニャがロイドの肩に乗り、ふみふみと感触を確かめる。それをロイドは目を細めて楽しんでいた。

「もう大丈夫。ありがとう」

「はぁー……よかったでしゅ。このままだったら、もっと大きな騒動になってたところでひた」

アシュレイがロイドを見据える。

「で、ロイド……君が人に姿を変えていた本当の理由はなんだ？」

「えっ？　あたちたちを助けるためって言ってたでしゅよね？」

「あれは流れで言っただけで、推測だ」

「適当に言っただけなんでしゅか！」

「こほん、しかしああ言わねば周りが収まらんだろう？」

「なんちゅー人でしゅ」

「……構わない。俺も竜の姿では声が出しづらいから、助かった。それに陛下の推測はほとんど正解だ……」

「ほう……」

アシュレイに意外そうな雰囲気はなかった。彼は彼なりにちゃんとした確信があったということなのだろう。

「近年、魔物の暴走が続いている——僕はその調査に来た」

それからロイドは語った。

魔物の暴走が続き、紅竜王国にも被害が出ていること。そしてロイドの調査では、どうも人の国のどこかが原因ではないかということ。

「氷河ヘラジカの群れが暴れるなんて、めったにない……明らかにおかしい」

「そうだな、俺も疑問を抱いている……」

「確かに冒険者さんも不思議に思ってましゅよね」

この世界歴四年のライラに過去との比較はできないが。しかし、魔物の暴走事件が増えていることはライラも聞いていた。

「だから俺は諸国を遍歴して調査しながら、信用できる人を探していた……」

ロイドの優しい目がライラとアシュレイに向けられる。

「君たちは示してくれた。困難に立ち向かう人間だと」

「ふむ、俺も君には助けられていた。お互い様ということだ」

「でしゅ！　同じ冒険者仲間でしゅし！」

「ああ、だから――手を結ばないか？　個人だけはない。国と国とで。改めて自己紹介しよう。俺の名は紅竜王国騎士団長のロイドだ」

「騎士しゃんなんでしゅね！」

「この世界を憂う気持ちは同じ……はずだ」

ロイドがアシュレイへそっと手を差し出す。

ドキドキしながらライラがそれを見守る。アシュレイが口角を吊《つ》り上げた。

「是非もない」

「おーっ！　歴史的瞬間ですね！」

モーニャが空に踊る。ライラもこんな展開になるとは思っていなかった。

「これも君のおかげだ」

ロイドが微笑む。

「まぁ、そうでしゅね！　雨降って地固まるとゆーやつでしゅ！」

「……君は賢いな」

ロイドがライラの頭をそっと撫でる。なぜだろうか、子ども扱いが嫌いなライラだが――ロイドからそうされるのは、悪くない気分だった。

ロイドが目を細め、ライラの前にひざまずく。

「あい？」

「君には傷を癒してもらった。シニエスタンの魔物の討伐も君がいたから成功に終わった。この恩に報いたいと思う」

ロイドの澄んだ声が星空に響く。

そして身に帯びた長剣をロイドは恭しく差し出した。

「これって……」

「驚いた。君ほどの人間がそこまでするとはな」

「本で見たことありますっ！　騎士の誓いってやつですよね⁉」

「ああ、どうか受け取ってほしい」

どこまでもまっすぐな瞳にライラは断れるはずもなく、頷いた。

「でもあたちに剣は重たいでしゅ。だからモーニャに受け取ってもらうでしゅよ」

「ふっ、構わないよ」

「はいはーい！」

モーニャが風の魔力とともに剣を受け取り、優雅な仕草でロイドの肩を叩く。

四歳児に剣を捧げる、ということがあるのだろうか？　しかしライラはそもそも並みの子どもではなかった。

「……ありがとう」

満足したロイドが立ち上がる。ライラもひとつ、ロイドと確かな繋《つな》がりができた。

「ふふっ……特別な日になったよ」

「良いことは重なるものだな。実に結構なことだ」

そこでアシュレイが得意気になっているのを、ライラは見逃さなかった。

「陛下も何かあったのです？」

「ライラが俺の娘だとわかった」

「……うん？」

ロイドの動きがピタリと止まる。

「娘……？　ライラが、誰の？」

「えーと……」

ライラが頬をかく。ここまではっきり言われたら誤魔化せないし、説明しておいたほうがいいだろう。

「えっ……！」

「不本意でしゅが、国王様がとーさまみたい……でしゅ」

ロイドがアシュレイとライラを交互に見る。なんだかショックを受けているようだった。

「そうなんだ……」

「どうした。はっきりと言え」

「…………」

ロイドが口ごもる。こんな様子の彼が見られるとは、思っていなかった。

「うん……まぁ、似ているね」

その答えにアシュレイは微笑んだが、ライラはちょっと物申したい……そんな気分であった。

同じ頃。遠く離れた王都ではボルファヌ大公が緊急の使者に会っていた。

「なんだと、シニエスタンの騒動が収束した……⁉」

ボルファヌ大公が野太い腕を机に叩きつけた。その音に使者がびくりと驚く。

「そんなはずはない！　氷河ヘラジカの群れはそう簡単に駆除できん。何《なん》か月《げつ》もかけ、入念に計画したんだぞ……」

「し、しかし……群れは全滅したそうです」

ボルファヌ大公が忌み嫌う甥、国王アシュレイの顔を思い浮かべる。

アシュレイとその兵。さらには北部の冒険者のことまでボルファヌ大公は計算に入れていた。

どうやっても戦力は不足するはず、であった。何かボルファヌ大公の予測しえないことが起こったのだ。

「……あの若造にそこまでのことはできまい。何かイレギュラーがあったはずだ」

「申し訳ありません、そこまでは……」

「早急に調べろ。あの若造の陣営に変化があったなら、大事だぞ……！」


ライラたちが冒険者ギルドの大ホールに戻ると、盛大なパーティーが行われようとしていた。

討伐の現地から遅れての祝宴らしい。

「ロイドさん、本当に悪かった……」

「ああ、あんたは俺たちのエースなのによぉ！」

シニエスタンの冒険者はロイドを受け入れ、ロイドも微笑んで皆の輪に入っていった。

寡黙だが、ロイドには人徳がある。

その祝宴の場からライラとアシュレイはそっと抜け出した。この場にはいないほうがいいとふたりとも思ったのだ。

空には月も星も光っている。ライラはアシュレイの宿舎でソファーに腰掛けていた。

「ふわ……」

「もう夜ですからね、主様」

モーニャがふにっとライラの頬に手のひらをくっつける。ぷにっとしていて、温かい。

「悪いな、来てもらって」

「……別にいいでしゅ」

（もっと話もしなきゃでしゅ）

ライラはもう、アシュレイが自分の親であることは疑っていなかった。

だからといって全部を受け入れて納得できるかは、別である。

「ホットミルクだ」

「ありがとでしゅ……」

もう夜も更けている。ライラの普段の活動時間は過ぎていたが、まだ起きていたかった。

ミルクは濃厚で熱いというよりはぬるめ、ライラの好みだ。

「眠くなったら遠慮しなくていいからな」

「ふぁい」

まぶたをこすり、アシュレイの顔をじっと見つめる。こうやって落ち着いたところで整った顔立ちを見ると、自分の顔と似ているなぁと思う。

髪質、全体のパーツ、鼻……。

「……やはり似ているな、サーシャと」

「あたちの母親でしゅか」

「ああ、黄金の瞳と目元はそっくりだ」

「ふふっ……」

「な、なんだ？　どこがおかしい？」

「それ以外は国王様に似てると思ったんでしゅ」

「そうか？　……ふむ、かもな」

「でも、あたちはどうして森にひとりでいたんでしゅ？」

一番聞きたいところはそこだった。

ライラには生まれた時の記憶がない——まぁ、普通はないのが当然だが。

でもあの神様と話してからのことは全部覚えており、その次にはもう森にいた。

「妻のサーシャは超高難度の魔法薬を研究していた。テレポートの魔法薬だ」

モーニャがライラに耳打ちする。

「主様のテレポート薬ですね」

「……でしゅ」

あのテレポート薬を自作するにはライラも苦労した。レシピそのものは知れ渡っていたが、極めて高い魔力といくつもの希少素材が必要なのだ。

例えるなら日本刀みたいなモノだとライラは思っていた。製法を知るのと実際に製作するのとでは全く違う……それがテレポート薬だった。

「魔法薬の実験のため、サーシャとお前は王都郊外の研究所にいた」

アシュレイが過去を手繰り寄せる。

「俺は魔法薬の部門はさっぱりだったが、素材や魔力の流れ的にあそこが良かった……とか。実際、そうだった。魔物も多くなく、静かで……」

「………」

「だが、ある日――その研究所が魔物の大群に襲われたとの知らせを受けた」

モーニャが身体を震わせる。

「ひぃっ！」

「俺は急いで研究所に駆けつけた。だが、研究所は完全に破壊され……生存者はいなかった」

アシュレイが視線を落とす。彼にとって、この出来事はまだ痛むのだろう。

「サーシャの遺体は見つかったが、お前の遺体はなかった……だが、現場は地獄のような有様だった。俺はしばらくお前を探し、生存を諦めた」

「……あたちはでも、生きていた」

「なぜ生き残れたのか、俺も推測しかできない。だが可能性があるとすれば、あのテレポートの薬だろう。未完成のはずだったが、サーシャはお前に使ったんだ。最後の望みをかけて」

（なるほど、筋は通ってましゅね。あの神様がミスった、とかいう運命はこれでしゅか）

あのテキトーな神様は言った。

このライラという赤ん坊は死ぬはずだった、と。それが魔物の騒乱だったのだ。

しかし母サーシャの機転でその運命を覆した。

（にしても母親も魔法薬を研究していたなんて、なんてことでしゅ）

もしかして今、自分が魔法薬作りにハマっているのは母親からの遺伝があるのかもしれない。

縁とは不思議なものだ。

「何を考えているんだ？」

要素としてはもう疑う余地はない。だが、最後にもうひとつ。ライラは自分の手でバックパックから魔法薬を取り出した。

ライラの愛用するテレポート薬。

虹色の光を閉じ込めたライラの傑作だ。今の話が本当なら、この薬がアシュレイにはわかるはずだった。

「これが何なのか、わかりましゅか？」

アシュレイがわずかに眉を寄せる。

「どうしてこれをお前が？　テレポートの魔法薬じゃないか」

「……わかるんでしゅね」

「わかるとも。サーシャがよく見せてくれた。虹色はもっと薄かったがな」

「これは主様のお手製なんですよ～」

「なんだと？　会った時にテレポートと言っていたのは、魔術じゃなくて薬だったのか」

「よく覚えてましゅね」

「子どもがひとりであんな所にいる理由をそうそう忘れるものか。しかし、そうか……これはもう使えるんだな。完成したのか」

「もちろんでしゅよ。貴重でしゅけど」

アシュレイがライラの隣に座った。重みでソファーがそっと揺れる。

「ふむ……もっと近くで見せてくれ」

「あい」

ライラがテレポート薬を渡すと、アシュレイが大事そうに瓶を両手で持った。

アシュレイは瓶を様々な角度からじっくりと眺めた。大切な想いと一緒に。

「綺麗《きれい》だ。魔力が弾け、虹色になっている」

「同じ、でしゅか」

「同じだ。美しい」

アシュレイの低い声がライラの心に染み込んでくる。

（……家族はこういうものでしゅかね）

ライラは前世でも天涯孤独だった。でも家族がどういうものか、他人を見て知っている。

今、一番家族なのはモーニャだ。

アシュレイは家族かどうかというと……でも、身体は拒絶していない。彼の瞳には間違いなく、愛情があったからだ。

「うにゅ……」

「……眠くなったら、寝ていいぞ。俺がずっとそばにいるから」

今日は本当に色々あった。ゆったりと柔らかなソファーに身を預けていると、頭の中に色々なことが浮かんでは消えてくる。

「あたちを娘と認めたら、大変じゃないでしゅか」

それは疑問ではなかった。確信だった。

アシュレイは今も大変な立場にいる。一国の若き王として。

そこに死んだはずの娘が戻ってきて、すんなり済むとは思えない。

アシュレイがそっとライラの頭に手を伸ばす。大きくて、しなやかな手。

父の手がライラの髪をゆっくり撫でる。

「そんなこと、気にするな。俺はお前がいてくれるだけでいい」

今までで一番、優しい声だった。

心の奥に流れ込んで、信じられる声だ。

「んっ……」

ライラはモーニャを胸に抱き、アシュレイの腕に手を伸ばす。

とても温かい。モーニャとアシュレイ。ふたつの温もりを感じながら、ライラの意識は眠気に溶けていった。


翌日、ライラはベッドに寝かされていた。

「ふゅ……」

眠い目をこするとモーニャが隣に寝ている。

「おんせーん、ぱしゃぱしゃー」

手足をばたつかせ、なんだか楽しい夢を見ているようだった。

「起きたか」

アシュレイはもう起きて着替えていた。またもやコップを手渡される——今度はオレンジジュースだった。

爽やかな酸味が心地良く眠気を遠ざける。甘やかされているが、とても良い気分だった。

「身体は大丈夫か？」

「だいじょうぶでしゅよ。すっきりでしゅ！」

ライラがぐーっと両腕を上げる。昨日の疲れは吹っ飛んでいた。

「で、これからどうするんでしゅ？」

「シニエスタンでの作戦は終わった。撤収作業は俺がいなくても問題なかろう。すぐ王都に戻るつもりだ」

「じゃあ……」

言いかけてライラは口をもごもごさせた。

アシュレイは自分の親だ。だけど、これからどうするかはまた別の話だった。

ライラは前世を含めても貴族らしいところはない。果たしてアシュレイの娘として、自分はやっていけるんだろうか。

「とりあえず王都に来ないか。サーシャの墓が、そこにある」

「……あい」

そう言われたら断れない。

上手いな、とライラは思った。

「とりあえず、そうしましゅ」

「ああ、それまでこの部屋でゆっくりしていてくれ」

「そうはいかないでしゅよ」

「うん？　なぜだ」

「昨日、ロイドしゃんのアレコレで冒険者ギルドに買い取り品を預けたまんまでしゅ！　お金を受け取らないとでしゅよ！」

ライラの瞳は燃えていた。

色々なことがあってもお金のことを忘れないのがライラなのだ。

アシュレイが目を細めて笑う。

「ははっ、しっかりしているな……。わかった、シェリーを付けよう。後で合流だ」

シェリーと一緒にライラとモーニャは冒険者ギルドに向かった。

なのだが、シェリーはガチガチに緊張している。道行く人を警戒しまくっていた。

「シェリーしゃん、落ち着いてくだしゃい」

「そ、そうはいきません……！」

出かける前にアシュレイから聞いたのだが、シェリーは昨日のことを全部知らされたとか。

なので彼女からしたらライラは王女、これは王女の護衛任務になるのだ。

「あんまり固くなっちゃダメですよぉー、リラックスリラックスぅ～」

モーニャがシェリーの肩をモミモミする。

「そうでしゅ。あたちはあたちでしゅ。これからもライラちゃんって呼んでくだしゃい」

「うぅ……ありがとうございます」

そんなこんなでシェリーの緊張をほぐしながら冒険者ギルドに向かう。

「お邪魔しますぅー」

入るなり、モーニャが鼻をつまんで叫んだ。

「うわっ、お酒くさー！」

「宴のあとって感じでしゅね」

「ゴミもいっぱいですしね」

冒険者ギルドの床はゴミどころか、寝転んでいる冒険者でいっぱいだった。

昨日の宴はよほど盛り上がったらしい。受付嬢のお姉さんたちもテーブルに突っ伏して寝息を立てている。

「ぐぅ～……」

「完璧に寝てます。コレ」

「困ったでしゅね」

「叩き起こしますか？」

シェリーの目はちょっと本気だ。王女様の予定を最優先らしい。

とはいえ、四歳児の健康ライフサイクルに合わせるのは忍びない。そこにしっとりとした声が降ってきた。

「……来たのか」

「ロイドしゃん！」

ライラが振り向くと、奥からきちんと着替えたロイドが現れた。

目も足取りもしっかりしている。ロイドは片手にじゃらじゃら鳴る袋を持っていた。

「お金の件だろう？　実は昨夜、皆が酔い潰れる前に預かっていた」

「そうでしゅ！　はぁ、ロイドしゃんはできる人でしゅね～」

「こうなるだろうと思ったからな」

ロイドはお金と打ち合わせの件で、アシュレイの宿舎に行こうとしていたのだとか。

その前にライラが到着したので、お金の件は一件落着である。

ロイドから明細と袋を受け取り、ちゃんと確かめたライラはふふんと頷く。

「ばっちりでしゅね。領収書、置いときましゅか」

適当な紙にお金を受け取ったことをぐりぐりと書く。その文字を見て、シェリーがわずかに眉を寄せた。

「えーと……」

「シェリーしゃん、あたちの字はこんなもんでしゅよ」

シェリーがはっとした。どうやらライラの年齢を忘れていたらしい。

「そ、そうですね！　年齢からすれば神がかった域でした！」

「ちゃんと書けるだけ、凄いからな」

ライラの字はかなり下手だった。

なんせ四歳児。知能や魔力があっても異世界の文字なんて大人のようには書けない。

とはいえロイドの言う通り。意味の通った文を書けるだけでも偉いはずだ。

「モーニャ、ここに判を押してくだしゃい」

「はいはいー、えいっ！」

もにもに。インクをつけた前脚でぽんっとモーニャが判を押す。

レッサーパンダに肉球はあるが、毛に覆われている。なので毛むくじゃらの前脚の印にはなるが、これがライラの判子だった。

「……モーニャちゃんの足跡にはどのような意味が？」

「こーすると少しだけ魔力が残るでしゅ。こんなのはあたちとモーニャ以外にはできまひぇん」

ライラが紙をひらひらさせる。そうすると確かに風の魔力がわずかに香っていた。

「あたちのサインよりは、わかりやすいでしゅ」

お金を受け取り、ロイドを連れてライラはアシュレイの宿舎へと戻った。

「戻ったか。ロイドも来てくれたな」

「もちろん」

魔物が討伐されたのでロイドもやることがなくなったとか。

母国への報告は魔術で済ませたらしいので……彼も王都に同行するという。

「ロイドは大切な客人だ。歓迎する」

「ありがとう」

「これで用はすみましゅた。……れっつごー、でしゅ！」

ということでライラたちは王都へとアシュレイのテレポート魔術で移動した。


身体がふわっと浮く感覚を乗り越えると、そこはヴェネト王国の王都、ラルダリアだった。

ラルダリアは初代ヴェネト王国の国王の名だ。下級貴族の身から冒険者になり、空前絶後の魔力でひとつの国を打ち立てたという。

そのため、ヴェネト王国の国民は誰でも魔術が使え、生活水準も高い。

「いつ来ても凄いですよねぇ〜」

「建物が高いでしゅよね〜」

ライラたちはラルダリアの中心部、王宮に到着していた。

ここはまさに荘厳の一言だ。結界を兼ねた魔力を含む大理石がこれでもかと使われている。

王宮の窓から見渡すと、街全体が美しい白色を誇っていた。城下町は魔力を駆使して作られたため、上下水道も完備。道も周辺国とは比べ物にならないほど整備が行き届き、規格化されている。

「にしても、ここは王宮のどこでしゅ？」

「人があんまりいないですねぇ」

「ここは奥の宮です。知らせは送ってあるので……ライラ様のことがありますから」

シェリーの答えにライラが頷く。自分のことをアレコレしないと、王宮はさすがにマズい。

「まぁ、まずは限られた人間が知っていればいいだろう」

「そのほうがいいでしゅね」

いきなり国民を集めてお披露目会をするより、よっぽどいい。

「とはいえ……そうだな、少し身支度をしたほうがいいかもしれない」

「ですよね～」

モーニャがうんうんと頷く。ライラも納得するしかない。冒険者っぽい今のライラの格好は、王宮にふさわしいモノではなかった。

「シェリー、頼んだ。ロイド、君とはその間に色々と話し合いをしたい」

アシュレイがテキパキと指示を飛ばし、ライラたちは別れ別れになった。

シェリーが呼吸を整える。やはりライラと一緒は緊張するようだった。

「ふぅー……じゃあ、私が先導しますので！」

「あーい」

まずは湯船。前世でも見たことのない規模の大理石の室内温泉にライラは浸かった。大の大人が四十人は入れる。そこにライラとモーニャがふたりきりで入っていた。

「……広すぎましゅ」

「近くの山から魔術で引っ張ってきたとかでしたっけ。はぁ、ラルダリア様はきっとお風呂が大好きだったんでしょうねぇ～」

モーニャも肩までつかり、ほくほくしていた。ライラも全身の血行がほぐれるのを体感している。その後、全身を石鹸で洗われたライラは服を着替えることになった。

「これは中々いいでしゅね」

用意されたひらひらのレース付きの服を着てみる。靴まで凝って、カチューシャも輝く白銀。それでいて動きにくいということはない。冒険者の服よりも重たいが、許容範囲だ。

「うーん、とても可愛いですよ！」

シェリーが両手を組んで褒めてくれる。ライラも悪い気はしなかった。

元々、この顔立ちはかなり可愛らしい。それに合った服装をすれば、十分輝く。

で、モーニャはというと。

「ふんふふーん♪」

お気に入りのリボンを見つけたらしく、首元に巻いていた。

赤色の小さなリボンだが、白毛のアクセントとしてはぴったりだ。

「気に入ったんでしゅか？」

「はい！　どうですか⁉」

「いい感じでしゅー！」

石鹸《せっけん》で洗われてふわふわになったモーニャをもみもみする。

「んー、主様も可愛いですよぉ！」

お風呂とお着替えで二時間が過ぎた。

その後シェリーに案内され、王宮の一室で休む。用意されたジュースを飲んでいると、アシュレイがやってきた。ライラとモーニャを見るなり、アシュレイが顔を綻ばせる。

「おお、よく似合っているぞ」

手放しにそう言われ、ライラも胸を張る。

「とーぜんでしゅ！」

そんなアシュレイの後ろには数人の見知らぬ大人がいた。アシュレイよりも遥かに年上の人間ばかりだ。

（どういう人たちなんでしゅかね——あっ！）

ライラは一瞬で関係性に気が付いた。その数人が全員、髪の色は金や黒、赤で違うのだが黄金の瞳であったのだ。

この国で黄金の瞳はとても珍しい。そんな黄金の瞳が揃っているということは……。

黄金の瞳の人の中、ひときわ立派な体格で黒髪のダンディーなオジサマが声を漏らす。

「……本当にこの子が」

ごくりと息を呑《の》む。鏡くらいは毎日見ているライラだ。

自分の目と彼の目はよく似ている。そう直感できるほどだった。

「紹介しよう、ライラ。君の親戚たちだ。今はもう俺の親戚でもあるがな」

ライラの胸がきゅっと切なくなった。

「は、はじめましてでしゅ！」

ソファーから飛び下りたライラが頭を下げる。

母の親戚たちが駆け寄って泣き声を上げるのは、同時だった。

「ああ、神様……まさか！　あのライラが！」

「これは奇跡だ……‼」

ライラの母方の家族はファーラ家というらしい。公爵家であり、ヴェネト王国には建国当初から仕える古い家柄だとか。

今、ファーラ家をまとめているのは、このダンディーなオジサマ——本当にライラの伯父であるニコル・ファーラであった。

「我が家の黄金の瞳は東方から入植したから……もちろん、他の家系にもある。しかし君は間違えようもない。目元までサーシャそっくりだ」

ニコルはライラの母、サーシャの兄にあたる。すでにサーシャとニコルの両親は病で亡くなっており、彼がファーラ家を差配していた。

「本当に驚いたよ……。昨日の夜、陛下の使いから君が生きていると聞かされて、心臓が跳ね上がった」

「それ以外に説明のしようがなくてな。悪かった」

アシュレイとニコルの言葉遣いはかなり気安い。親密なのだろう。

「いや、だが……こうして対面すると魔力の高さは陛下譲りだ。サーシャはここまでの魔力はなかったからね」

「魔力がそんなにわかるんでしゅか？」

ライラは魔物を除いて、人の魔力がよくわからない。さすがにアシュレイほど張り詰めて膨大ならわかるのだけれど。

「我々、ファーラ家は戦闘用の魔術がさほど得意ではなくてね。むしろ探索や鑑定、魔法薬――そういった座学の魔術が生業だ」

「主様と同じですねぇ！」

「ああ、サーシャの得意は魔法薬だったが……ライラちゃんもそうなんだって？」

「あい！　見てくだひゃい！」

部屋の隅に置いてあるバックパックから、手頃な瓶を取り出す。

それで取り出してしまったのが、魔物用の毒薬だった。泡立つ赤紫の液体を見て、アシュレイがぼそりとこぼす。

「見るからに毒っぽいが」

「……魔法薬のひとつではあるでしゅ！」

それにニコルが目を細める。

「ははっ、サーシャもよくそういう魔法薬を作っていた。親子だなぁ」

ニコルの笑顔はどことなく親近感が生まれる。顔合わせは朗らかに進んだ。

数時間、話をしても話題は尽きなかった。夕日が傾いて窓からオレンジ色の光が差し込む。

「そろそろ時間だな。では、行くか」

アシュレイに導かれ、ライラたちは王宮を歩いた。向かうのは王宮墓地にある、サーシャの墓だった。

それは王宮裏手の聖堂にある。王族とそれに連なる配偶者は皆、ここに葬られるのだそうだ。

初代国王ラルダリアからアシュレイの妻サーシャまで、全ての王族がここに眠る。

聖堂は白の大理石によって建てられ、赤と青の水晶が壁を飾る。入り口には微笑む天使の彫像、壁の彫刻は天上の楽園を模していた。

モーニャが空を飛びながら首を回す。

「全体的に明るいですね」

「ああ、ラルダリア王がこう設計されたらしい。自分の眠る場所は春の寝床のように、白に飾られた陽気な場所にしたい——と」

何百年も経ているはずなのに、壁にはその様子は全くない。

「魔力が張り巡らされてましゅ」

「ラルダリア王は潔癖なようで、王宮にもこの聖堂にも汚れ避けの魔法を入念にかけたからな」

聖堂の奥には神官が並んでいた。奥の壁には葡萄の蔦《つた》と雲を彫刻された石の額縁がかけられており、そこに様々な名前があった。

これが墓石代わりなのだろう。神官たちが生花を持ち寄ってくる。

「さぁ、祈りを捧げよう」

花を壁に向かって並べ、祈りを捧げる。

頭を少し下げて……沈黙。香炉から薔薇《ばら》の香りが漂ってきていた。

(……私の母でしゅか)

実際、顔も声も覚えていない。名前さえも昨日知ったくらいだ。

それくらいの関係でしかないのに、胸が締め付けられるのはなぜだろう?

「主様……」

モーニャが温かい頬を寄せてくれる。

胸が苦しい理由は分かっていた。ライラがこの世界にいるということは、やはり誰かがライラを産んだからだ。

そして、今のライラは父であるアシュレイと母の兄であるニコルとその実家を知った。

異世界に突如として生まれ、今までは想像するしかなかった自分のルーツ。

それがはっきりと認識できたから、ライラの胸に新しい想いが訪れているのだ。

数分ほど黙祷《もくとう》し、頭を上げる。これがヴェネト王国の葬礼だった。

ニコルが改めてアシュレイに感謝を捧げる。

「陛下、この度はライラを伴っての追悼の儀——誠にありがたく思います。サーシャも天上できっと喜んでおりますでしょう」

ニコルの言葉にアシュレイが目を伏せる。

「かしこまらないでくれ。これは当然のことだ」

厳粛な雰囲気でライラたちは聖堂を後にした。

（私の生き方……）

ライラはぼんやりと上の空だった。

自分のこれまでとこれから。どうすべきかはわかっている。

このヴェネト王国の王女として、生きていくのだ。

王宮に戻ると、ニコルが口を開いた。

「それで陛下、ライラのことはどうするおつもりで？」

アシュレイの目がライラに注がれた。温かさはあるが、何を考えているかは読み取れない。

「……ライラ、お前はどうしたい？」

「あたちがでしゅか？」

「ああ、いくつもの道がある」

アシュレイは指折り数えた。

「まずひとつ、ファーラ家の令嬢として生きていく。名目的にも王女とはならずに」

「それもひとつの道だと思います」

ニコルははっきりと言った。アシュレイが深く息を吐く。

「王族は楽なものではない。どれほど苦しくても投げ出せはしない」

それはきっとアシュレイ自身のことだとライラは思った。

妻子が死んでも止まることは許されない。それが王というものだ。

「ファーラ家の貴族というなら、いくらかは安心して生きられる。暗殺の心配もなかろう」

自嘲気味《じちょうぎみ》に笑うアシュレイ。これは彼自身の体験からかもしれなかった。

「もうひとつは冒険者として生きる道。今、お前の名声は他国にも鳴り響いている。どこの国で生きていくのも不安はあるまい」

「……それでいいんでしゅか？」

「テレポート薬を持っているお前を拘束するなど、どのみち不可能だ」

あっさりとアシュレイが認めた。四歳児を自由にさせるのもどうかと思うが、実際に前の生き方に戻るだけだ。

「たまに顔を見せてくれるなら、サーシャも満足しよう」

（……嘘ばっかりでしゅ）

出会ってからは短いが、ライラはアシュレイの心根の深い部分に触れていた。

多分、これは嘘なのだろう。そんな風に考えられる親などいない。

「最後の選択肢は王女としてこの国で暮らす。わかっていると思うが、楽ではない」

それはきっとアシュレイの本音なのだろう。

妻子を失い、魔物の対策に奔走しなければいけない。貴族ともうまく渡り合わなければ……。

でも、ライラの心は決まっていた。

昨日と今日と。アシュレイを信じてみよう。運命があるならば、これがきっとそうなのだ。

「……あたちは」

ライラは喉の奥を絞った。

なんて呼ぶべきか、迷いながらもライラは『その単語』を口に出す。

「とーさまと一緒にいたいでしゅ」

この世界に来て、初めて誰かを親と呼ぶ。

アシュレイが口元を押さえ、ライラを見つめた。その瞳には喜びが溢れていた。

「そう、か……」

ニコルも目元を拭う。

「ライラがそう決めたのなら、是非はありません」

「ニコルおじさまにも助けてほしいでしゅ」

「もちろん、もちろんだとも。ファーラ家はライラとともにある」

「ありがとう、ニコル」

「うぅ、よかったですねぇ……」

モーニャも目元を拭う。その頭をポンポンと撫でるライラ。

言葉に出してライラも覚悟が決まった。

「新生活の始まりでしゅよ！」

■第四章『チートな新生活、始まります！』

ライラはアシュレイとともに王都ラルダリアに住むことになった。

ニコルたちが帰ったあと、王宮の広間でライラはアシュレイにせがむ。

「……広いところがいいでしゅ」

「部屋はもちろん広いが……」

「そうじゃないでしゅ。工房が欲しいんでしゅ」

ライラの言葉を聞いてアシュレイが眉間を揉む。

「工房だと？　もしかして魔法薬を作るつもりか」

「もちろんでしゅ！　魔法薬作りは止めませんでしゅよ！」

ぐっと拳を振り上げるライラ。アシュレイの娘になったとしても魔法薬作りはしたかった。

「ふむ……しかし、だが……」

アシュレイは色々と考え込んでいるようだった。そこにモーニャが囁く。

「主様の魔法薬はそれはそれは凄いですから～。そこはもう、おわかりですよね？」

「……それは間違いない」

「あれやこれやの魔法薬を主様が作って、王国に活かせば……主様は魔法薬が作れる、お父様も国が富む。そうですよねー？」

モーニャが上手く乗せる。まだまだ舌っ足らずなライラにはできないことだった。

「確かにな……」

アシュレイが組んだ腕を解く。

「反対派をおとなしくさせるためにも、分かりやすい『成果』は必要か。諸外国にも魔法薬を輸出できるようになれば……」

「えーと、そこまでは言ってないような～？」

「冗談だ」

「そうは聞こえなかったでしゅよ」

「面倒なことは俺に任せておけ。しかし、いいのか？　遊ぶよりも魔法薬作りで」

「魔法薬を作るのがライフワークでしゅ！」

「……ふっ、そうか」

アシュレイが意味深に目を細める。サーシャも同じことを言ったことがあるとライラが知ったのは、もっとずっと後のことだったが。

「なら早速、工房を作るか」

「何週間くらいかかりましゅ？」

「明日にはできているぞ」

「ふぇ?」

翌日、アシュレイの言葉通りライラの住処である奥の宮に工房が設置された。

その工房、ライラの家の十倍の大きさがある。

ライラもモーニャも開いた口が塞がらなかった。

「は、早すぎません?」

「魔法先進国だからな。奥の宮に建てるならすぐできる。土の魔術で建物を、水の魔術で水道も完備だ。もう使えるはずだ」

アシュレイが工房の中を案内する。

「うわぁ~~!」

ピカピカの工房、デカい水道にコンロ。かまどの類もある。もちろん棚やタンスも数十、嬉しいことに書架もあった。

「細かな備品はこれからだが、ライラの家から持ってくるものもあるだろう?」

「もちろんでしゅよ。今日、取ってくるでしゅ」

「それならシェリーを側仕えにすればいい。彼女なら諸々の仕事を任せられる」

「あいでしゅ」

なんとなくシェリーは雑用係っぽい。だが、今のライラも王宮知識はゼロである。

忙しいアシュレイに全部やってもらう訳にもいかない。自然な選択と言えた。

というこどで、ライラの工房作り——もとい、お引越しが始まった。

とはいえテレポート薬で行ったり来たりするだけであるが。

「使わないのはどうしましょうね〜」

「時間があるときに、整理すればいいでしゅよ。とりあえず王宮のこーぼーを完璧にセッティング、でしゅ！」

幸い、家具やら服は王宮に用意されている。移動させるのは魔法薬関連だけだ。

ライラとモーニャはドタバタしながら品物を森の家から王宮に移していく。

家の瓶をひっくり返し、モーニャが確認する。

「えーと塩ダレ、にんにくダレ、生姜《しょうが》ダレ……これも要ります？」

「要る！　とっても要るでしゅ！」

「まぁ……タレは継ぎ足しがいいみたいですからねぇ」

この世界にもソースの継ぎ足し概念は存在する。実際には中身は入れ替わり、意味はないらしいが。しかし自作のタレはライラには捨てられない。

合流したシェリーとその配下も必死になってライラの手伝いをしている。

「荷物の開封と並べるのは私にお任せくださいっ！」

元々騎士だけあって、体力面ではバッチリだった。

で、その荷物の中には魔法薬関連の素材が入っているものもある。

シェリーの手がそれら魔法薬関連の素材に伸びると、ライラがさっと声をかけた。

「おっと、これはあたちがやるでしゅ」

「いえ、お気遣いは無用ですっ！　やらせてください！」

「これはギガントボアの肝でしゅ。ぶちまけると皮膚がてーへんなことになっちゃうでしゅよ」

「ひぇっ⁉　な、なるほど……」

「あっちの隅にあるのはヤバめな素材でしゅから、触らなくていいでしゅよ」

こくこくと頷くシェリー。こうして半日ほどでお引越しは完了した。

疲れからか、さすがのモーニャの尻尾もへたりとしている。

「ふぃー、終わりましたぁ……」

「ご苦労様でしゅー」

すっかり夕方になった頃、公務でいなかったアシュレイが工房に姿を見せる。

「おお、すっかり変わったな」

「とーさま！　どうでしゅか⁉」

「うむ、素晴らしい。道具も素材も揃っている……これは全部、お前の家からだな？」

「そうでしゅよ」

「だと思った。素材ひとつ、道具ひとつの魔力が高純度だ。これだけの品物はそうそう揃えられるモノではない」

「ほぇー、やっぱりわかるんですねぇ」

「大学よりも設備は良さそうだな。……危険なモノも多そうだが」

「ぎくっ」

アシュレイが目ざとく、危険物の棚を見やる。そうだった、魔物との最前線に立つアシュレイが魔物素材を知らないはずがない。

「あとで宮廷魔術師に結界を追加で張らせよう。それと、この区画は許可のない人間は立ち入り禁止だ」

「異論はないでしゅ」

それはライラのほうからも頼むつもりだった。高価な素材も多いし、毒物が盗まれたらシャレにならない。

「俺もお前の魔法薬の腕前を知らなかったら、許可してないくらいだ」

「扱いには気をつけるでしゅよ」

ライラも魔法薬作りで気を抜いたことはない。危ない目にあったことはないが、下手すると大惨事になるのはよくわかっている。

「シェリーも気をつけるでしゅよ」

「は、はい！　そう思って宮廷医にも話は通してあります！　何が起こっても——はい、対処できることなら大丈夫です！」

「安心でしゅね」

「宮廷医が不要とは言わないんだな」

「それはシェリー次第でしゅ」

ということで工房のアレコレが一段落した。本格的な稼働は明日からだ。

「さぁ、頑張るでしゅよー！」

「はーい！」

これがヴェネト王国に新しい嵐を巻き起こすことになるとは、さすがのアシュレイも予想していなかった……。


翌日、工房が本格的に稼働し始めた。と言っても調合を行うのはライラで、シェリーらは助手的な立ち位置だったが。

「ふぅ、さて何を作ろうでしゅかね～」

「アイデアはあるんです？」

ライラはぱらぱらと書き殴ったノートをめくる。このノートは前世の記憶を元に書き続けてきたアイデア帳だ。

「作ってみたいのはこれでしゅかね」

「ふむむ、毛生え薬……？」

シェリーがぽんと手を打つ。

「おお、あの伝説の⁉　大学の授業で聞いたことはありますけれど、実物は私も見たことがありません！」

毛生え薬自体のレシピ自体は存在する。だが現代では成功例がない。幻の魔法薬だ。

モーニャが首を傾け、自身のもふもふボディーを確かめる。

「まさか、どこか抜けてます……⁉」

「……そうじゃないでしゅよ」

この毛生え薬というアイデア自体は独創的でもなんでもない。

前世の日本でもこういう薬は販売されているし、この世界にもカツラはあるのだ。

「毛というのはどこでも悩みの種なんでしゅ……」

「ライラちゃんは本当に四歳児ですか？」

ツッコまれるライラ。語りすぎてしまったかもしれない。

「でも毛の悩みは……ええ、私の父が最近ちょっと気にしてるみたいなんですよね」

「冒険者にもいましたもんねぇ～。帽子や兜《かぶと》は蒸れちゃいますし」

「そうでしゅ。毛生え薬にはきっと需要がありましゅ！」

「確かに！　ライラちゃんの仰る通りです！」

問題は成功者がいないこと。しかしそれは挑戦しない理由にはならない。

「難しいモノほど燃えましゅ……‼」

だからこそ挑戦しがいがあるし、もし成功したらアシュレイも喜ぶだろう。

魔法薬作りはまず、文献調査からだ。ということで諸々の魔法薬の本の研究から始める。

シェリーに王都にある魔法薬のレシピ本を片っ端から持ってきてもらう。

「宮廷魔導師寮から借りてきたのはここに……！」

「あいでしゅ」

ライラはぱらぱらと読み進める。その速度は超人的だった……まぁ、魔力で自己強化しながら読んでいるのだが。

必要な部分を書き写し、また別の本を手に取る。

「王都図書館から借りてきたのは、向こうに……」

「ありがとでしゅ」

ぱらぱらー、さらさらー。毛生え薬は伝説的な薬だ。本によって書いてあることが違う。

「ヴェネト魔法薬協会から借りてきたのは、はぁはぁ……ここに置きます」

「そんなに急がなくても大丈夫でしゅよ？」

「いえ！　私のほうはお気になさらずに！」

こうして数時間を文献調査に費やしたライラは目をこすり、ぐーっと伸びをする。

「ふぅ、とりあえずはこんなところでしゅね。違うことをしたくなりまひた」

「じゃあ主様、使った魔法薬のストックでも足しておきます？」

「ぱぱっと作るでしゅ」

ライラはこの数日で使った魔法薬を調合し始めた。まずは爆裂薬だ。これは何百回も作っているので、身体に動きが染み付いている。

「ふんふんふーん♪」

爆裂草の実を小鍋に入れて溶かし、そこに光蛇の鱗やら閃光石の粉末やら……。

どろどろに溶けた素材たち。ライラの顔から笑みが漏れる。この瞬間はたまらなく楽しい。

「ふふっ、ふふふ……」

「主様……悪い魔女みたいな顔になってますよ」

「はっ！」

顔を引き締めるライラ。ここにはシェリーたちもいる。

あまりだらしない顔は見せられない。

ぐーるぐる。ライラ自身の魔力もたっぷりと込めて、鍋をかき混ぜる。

やがて鍋の中身が白く濁り、魔力の光がパチパチと爆ぜてきた。

猛烈な光が工房に満ちる。

「できまひた！」

「おー！　いつ見ても綺麗ですねぇ」

「こ、これがあの氷河へラジカを一撃で倒した魔法薬ですね！」

「そうでしゅ。ここから素材を抜くとまた別の爆裂薬になるでしゅよ」

ギガントボアを倒した爆裂薬はこの廉価版だ。素材も安く生産の手間は省けるが、破壊力が弱くなっている。

とはいえ弱い魔物には廉価版のほうがいい。適材適所というやつだ。

「しかし、これほどの魔力を秘めた魔法薬を、こんなに素早く……」

シェリーの常識では考えられない早さである。感心するしかない。

「ちょっと作業をやってみましゅか？」

「……いいのですか？」

全部、自分でやってしまうのもアレだ。

（任せられるところは任せたいでしゅ）

アシュレイもシェリーを活用するよう言っていた。ライラの作業の一部をシェリーもできるようになれば、アシュレイも満足するだろう。

「鍋から瓶に移し替えるのなら、そーんなに危険はない……はずでしゅ」

ちょっと心配になるシェリーだったが、ライラがそばについてくれるので、移し替え作業をやってみることにする。

シェリーは大きな白のスプーンをライラから手渡される。このスプーンそのものからも強力

な魔力が放たれていた。

「これは大砂魚《おおすなうお》の骨から削り出したスプーンでしゅ。爆裂薬の移し替えはこのスプーンが一番でしゅよ」

「ちなみにですが、他のスプーンを使うと？」

ライラがちらっと視線を外す。

「魔力で抑え込めれば、ノープロブレムでしゅ」

「は、はい……」

「中身を魔力で包むようにしながら、やりましゅよ」

ゆっくり、慎重に。スプーンが少し震えながらもシェリーは小瓶へと移し替えていく。

スプーンと爆裂薬の液体の魔力がきらめいて、目が痛くなるほどだ。少しでも手を抜くと爆裂薬の魔力が飛び出そうになる。

実際、それが危険なのかどうかわからないし——知りたくもなかったが。

「こ、これ難しいですね！」

「ちゃんとできてましゅよ。その調子でしゅ！」

四歳児についてもらい、励まされながらシェリーは移し替え作業を続ける。

小瓶ひとつに爆裂薬を移すのに、たっぷり十数分はかかってしまった。汗もびっしょり、魔力も持っていかれる。

「はぁ、ふぅ……」

「よくできまひた。最初ならこんなもんでしゅ。あとはあたちがやりましゅ」

ふんふんふふーんと歌いながら、ライラはぱぱっと五本分の移し替えを終える。その様子にシェリーとその部下たちは驚愕《きょうがく》するしかなかった。

「す、凄い……っ！　私があんなに苦労した移し替えを……」

移し替えを終えたライラがふぁーっとあくびをひとつする。文献調査と調合で結構働いた気がする。さすがに四歳児の体力の限界だった。

「そろそろお昼でしゅね」

「そーですねー。外はいい天気ですぅ」

「シェリーしゃん、お昼はあたち、お昼寝しましゅ。再開は二時間後くらいにでしゅ」

そう言って工房に設置されたベッドにライラはもぐり込み、モーニャと一緒にすやすやと昼寝を始めるのだった。

一連の様子をシェリーは信じられない気持ちで見つめていた。この数時間でざっと三十冊の本にライラは目を通している。

さらに爆裂薬の調合まで。この小瓶ひとつの破壊力をシェリーは知っているが……一時間も経たずに六本が完成していた。

恐ろしい、とても恐ろしい四歳児だ。

「ほう、ライラはお昼寝中か」

「陛下っ！」

アシュレイが姿を見せたので、シェリーが直立不動で敬礼を取る。

彼の後ろには書類を抱えた文官がぞろぞろついてきていた。

「午後は書類整理だからな。この工房で処理するのも一興かと思った」

「な、なるほど……」

ライラと一緒にいたいという親心だとシェリーは察した。

「どうだ？　魔術大学首席のお前から見て、俺の娘は？」

実はシェリー、ヴェネト王国でもかなりのエリートであった。そうでなければ魔術王アシュレイやライラの側仕えなど不可能だ。

「陛下の御子を私が品定めするなど、畏れ多いことです」

「構わん、言ってみろ」

促されてシェリーが口を開く。

「正直、シニエスタンのご活躍でライラ様の御力は知っているつもりでした。しかし、それさえもまだ理解が浅かったようです」

「ほう……」

シェリーは午前中、ライラがした作業をアシュレイに報告した。

驚異的な量の文献を読み解き、Ｓ級魔物も屠《ほふ》る爆裂薬をこともなげに作った……と。

アシュレイがライラの読んだ文献を手に取り、ぱらぱらとめくる。

「ふぅむ、中々高度だな」

「はい……専門家でも読み解くのに苦労すると思います。私だと書いてあることの半分もわからないくらいです」

正直、ライラの求めるままに魔法薬の文献を持ってきたのだ。なので、この中身はシェリーには高度すぎた。

「それで爆裂薬はこれか」

「あれほどの魔物を一撃で倒すくらいですから、調合に何日もかかるかと思いきや……。一時間ほどで数本、作られてしまいました」

「……我が娘ながら恐ろしいな」

アシュレイが苦笑する。もちろんただの四歳児とは少しも思っていないが、とんでもない天才児なのは間違いなかった。

机に座し、書類仕事をしながらアシュレイがシェリーへ伝える。

「ライラについて、しばらくは国民に伏せておこうと思う。国葬を執り行った手前、他国にもそう簡単に報告できんしな」

「そうですね……。この能力を見たら、他国も驚愕するかと」

「ああ、それにこの奥の宮は安全だが、他の場所までそうかと言われるとな……」

アシュレイも話しながら恐るべき速度で書類に目を通し、書き込みをしている。

この親にしてこの娘あり、とでも言おうか。

「門閥貴族の方々にも秘密にされるので？」

「ライラが王宮暮らしに慣れるまで、そうしたくはある。まぁ、長くは秘しておけまいが」

シェリーがやや顔を曇らせた。彼女もアシュレイと門閥貴族の軋轢《あつれき》は知っている。

元々、アシュレイは第六王子で王位継承の見込みはほぼなかった。

だが強大な魔力と手腕によってアシュレイは王位に就いたのだ。

さらに様々な改革を実行し、国を富ませようとしている、これをよく思わぬ貴族は数多い。

アシュレイの暗殺騒動も両の手で数え切れぬほど起こっている。

それをシェリーもよくわかっていた。

「ご安心を。ライラ様は私が命を賭してお守りいたします」

「頼んだぞ」


午後二時頃。ライラがもにょもにょとお昼寝ベッドから起き上がる。

「ふぁ……体力回復でしゅ」

「……ふにゅ」

モーニャは枕に頭を埋めていた。その背中を優しくライラが揺する。

「んあ、ふぁー……主様、おはようです」

「あい。顔を洗って仕事するでしゅ」

と、そこでライラが工房にいるアシュレイに気付いた。

「あれ、とーさま？」

「邪魔してるぞ。俺のほうは気にしないでくれ」

ベッドから出たライラがトコトコとアシュレイのそばに駆け寄る。アシュレイの処理している書類には様々な修辞と長ったらしい文句が並んでいた。

「……むずかしそーな内容でしゅ」

「ふふっ、お前が読んでいたという文献も中々だったがな」

「アレは式がわかればどーってことないでしゅよ。ふぁっ……」

あくびを噛み殺しながらライラが身体を伸ばす。そのままモーニャを抱き寄せ、吸う。

ほわほわの温かく、細長い毛の感触を目一杯味わい——ぱっちりと目が覚めてきた。

「そういえば、ロイドしゃんはどうしましたでしゅ？」

「紅竜王国への報告を交信魔術でするそうだ。だが、そろそろこっちへ戻るはず……」

その言葉通り、扉の外にロイドの魔力が感じられた。意識すると彼の魔力はかなり目立つ。

工房に入ってきた彼は朗らかに言った。

「やぁ、ようやく色々と終わったよ。僕に手伝えることはあるかな？」

「ありましゅよ！」

こうして工房にアシュレイがいながら、ロイドとシェリーに手伝ってもらってライラの魔法薬作りが再開された。

まずライラが棚から色々な素材を取り出し、机に載せる。

「魔法薬には素材が必要でしゅが、これはまだ使えませんでしゅからね」

「えーと、この机の上の素材ではダメなんでしょうか？」

「さっきの爆裂薬の素材も市販から精製したり、ちょーこーひんしつのモノを自分で探したりしたやつでしゅよ。市販の素材だけで作ると問題でましゅ」

何気なくロイドが質問する。

「例えばどんな？」

「安定性が足りなくなるんでしゅ！　アレな品質の素材でお昼前の作り方をしてたら、ドカーンでしゅよ！」

両手を広げ、危険性をアピールするライラ。

「そ、そんなに危なかったんですか⁉」

とシェリーが驚いて顔をひきつらせる。

「だからあたちのレシピをうっかり再現しようとしたら、大変でしゅ。マネするなら素材からマネしてくだしゃい」

「い、いえ……他ではやりません。決して、絶対に！」

シェリーが固い決心を見せる中、アシュレイが得心したように頷く。

「普通の爆裂薬でも高難度の魔法薬だが、さらに素材を工夫しているのか。そのほうが好都合ではあるな……」

「主様の魔法薬は他では簡単に作れないですからねぇー」

「とーさまもあたちの魔法薬には気を付けてくだしゃいね。うっかり流出したら、ヤバでしゅ」

「わかっているとも。この区画には信頼できる人間以外は立ち入りできない」

ライラはそれから数時間、魔法薬の調合に取り組んだ。

使った魔法薬の補充、素材の精錬など……。

パチパチと弾ける魔力の閃光を見ると、ほっと心が落ち着く。

楽しい時間はあっという間に過ぎ去り、夕日が傾いてくる。

ライラの一日の稼働時間は大人ほど長くない。この時間になると体力が尽きてくる。

「今日はこの辺にするでしゅ」

「ではお片付けを……」

「道具はきれーにして、机もピカピカにするでしゅよ。前の素材が残っていると、これも激ヤバでしゅ！」

「は、はいっ！」

ライラたちが片付けを始める中、ちょうどアシュレイも一段落していた。

「そういえば……この大量の文献は魔法薬のモノだが、何を調べたかったんだ？」

「あれ？　言ってなかったでしゅか？」

「詳しくは聞いていない」

「伝説の毛生え薬を作るんでしゅ！」

そうライラが言い放つと、アシュレイがびくりと動きを止めた。

工房内の空気が凍った気がする。

「……あれ？」

なんだかアシュレイがショックを受けている。

「俺の毛はまだ大丈夫なはずだが……」

「はっ……！　そーいう意味じゃないでしゅよ！」

「そ、そうか。仮にそうでも、言いづらいことだからな……受け止めて生きていかないと」

「こーいうときに深読みしないでくだしゃい！」

こうしてライラの王宮暮らし、その初日が終わりを迎えたのだった。

◆

そしてライラが王宮で暮らし始めて数日が経ち、生活にも少しずつ慣れてきた。

これにはやはりシェリーの力が大きい。公私ともに彼女の朗らかな人柄でライラは大いに助けられてた。

例えば、こんな時など──。

「今日は素材を買うでしゅ。遠出しなきゃでしゅよ」

「はいっ！　……はい？」

「素材をゲットしなきゃでしゅ。毛生え薬のこの項目なんでしゅけど」

ライラが分厚い本の一箇所を指し示す。

『魔力の同調性を鑑みるに満月蜘蛛《まんげつぐも》の糸は非常に優秀であり──』

「聞いたことのない魔物ですね」

工房にいるロイドもその項目を読む。

「満月蜘蛛、D級魔物だね。山奥に住んでいて、とても珍しい魔物だ」

「ははぁ……なるほど」

一般的にC級以下の魔物は国の力なしでも簡単に対処できる。

D級なら村人でも無理なく討伐できる魔物だ。

それゆえシェリーの知識には入っていなかった。

「僕も満月蜘蛛は何年も見てない。この魔物は人と接触して害をなすこともほとんどないしね」

「だいじょーぶでしゅ。あたちは住処を知ってましゅから」

モーニャがふわふわと浮きながら、ライラのノートを持ってくる。

「南のグローデンですよねぇ。あそこの冒険者ギルドは結構レアな魔物を知ってますから」

「グローデン？　かなり南のほうですね……」

王都からなら急ぎの馬で半月ほどかかる。寒冷な森林地帯で人口も少ない。

そんなところにまでライラの行動範囲は及んでいるのだろうか。

「コネがありましゅからね」

シェリーが聞くと、ライラは年に数回グローデンを訪れては素材を買い込むのだとか。

その代わり、ライラは依頼に応じて山や森の一部を爆破するらしい。

物騒な単語が出てきたのでシェリーは聞き返してしまう。

「爆破、ですか……？」

「アレはなんなんでしょうねー」

「鉱山の穴にするんでしゅよ」

「あー、主様の魔法薬で穴を開けて？」

「硬い岩盤を地道に掘るより楽でしゅ」

「まぁ、それはそうでしょうが……」

そんな風にあの爆裂薬を使うのはどうなのだろう、とシェリーは思ってしまう。

しかし結果として、グローデンの冒険者ギルドは素材の便宜をライラへ図っているという。

「それでしたら、私が代わりに行ってきましょうか？　買い出しだけなら、私にもできます！」

モーニャがテレポート薬をすっと掲げる。

「いいんじゃないですか、主様。買いに行くだけですし」

「それもそうでしゅね。行ってきてくれましゅか？」

ライラはさらさらと必要なモノのリストとサインを書き、モーニャがぺたりと判を押す。

テレポート薬の使用にはイメージ力が必要だったが、幸いにもシェリーは行く先であるグローデン冒険者ギルドを知っていた。

紹介状やらお金やら帰りのテレポート薬やらを持たせ、ライラはシェリーを送り出す。

「では、行ってまいります！」

「いってらでしゅー」

シェリーがテレポート薬を使い、虹色の光に包まれながらしゅーっと消える。

「こんな風に消えるんでしゅね」

「初めて見ましたねぇー」

「……他の人が使うのは初めてなのかい？」

ロイドが眉を寄せている。

「そうでしゅ。でも理論上は問題ないはずでしゅよ」

理論上、という言葉が引っかかるロイドではある。しかしライラの魔法薬はこれまでも間違いなく効果を発揮してきていた。

数時間後、虹色の光とともにシェリーが工房に戻ってくる。

大荷物を背負いながら、シェリーがびしりと敬礼した。

「ただいま帰還いたしました！」

「おかえりでしゅ！」

どうやら無事に戻ってきたらしい。ロイドの目にはとりあえず、そう映る。

予想以上の大荷物にモーニャが首を傾げた。

「なんか荷物が多くありません？」

「ついでにグローデンの古書店からよさそうな本と素材を買ってまいりました」

「ほうほう、素晴らしいでしゅね！」

ライラは椅子からぴょんと飛び降り、シェリーの買ってきた荷物を広げ始めた。

その中のひとつ、シェリーの買ってきた本をライラがぱらぱらとめくる。

「ふむふむ……。おおっ、リンデの写本でしゅ！」

「魔法薬の大家、リンデ氏の古い写本です。多分、お役に立つかと……」

「立ちましゅね」

本を覗き込んだロイドが唸る。竜である彼にとって人の言葉の読み書きは不得意分野だった。

「古文字だけど読めるの？」

「読めましゅよ。回りくどい書き方でしゅけど」

その他にもシェリーの買ってきた本をライラは嬉しそうに物色していく。

「凄いね……」

「ええ、大学専門レベルなのに……」

「本当に四歳児なのかな？」

ロイドがふと漏らすとシェリーが頷く。

「そう思う気持ちもよくわかります。たまに私よりも年上のように感じますから。物事を落ち着いて見ているというか……」

「……ふむ、そうだね。見た目以外は子どもとは思えないくらいだよ」

◆

王宮暮らしを始めて一週間ほど。
ライラ――私は日々、様々な経験をしていた。

魔法薬作りをしながら、モーニャをもふりながらもふりながら。

で、それ以外にも私は『教育』を受けていた。

しっかりとしたヴェネトの貴族になるために。

今も工房の開けたスペースで教育の真っ最中だった。

「ぶぴー‼」

これは私の声ではない。……私の吹くリコーダーから出た音だった。

「ぶっ、ぴっ、ぶぴぃぃーー‼」

ひでぇ音だ。

芸術的どころか可愛らしくもない。

魔物の骨を使った、最高級の白のリコーダーなのに……。

「主様、もうちょっと……そのー……」

空を飛ぶモーニャの耳がぺたりと塞がれている。

地味に傷つく。でも、はっきり指摘されるともっと傷つく。

私はこれでも精神は大人だ……！

下手なのは仕方ない。開き直って練習あるのみ！

工房に来ているアシュレイは腕を組んでいる。

「魔力が関わらない事柄には、練習が必要だな」

「音楽のできる魔術とかないでしゅ？」

「早速、自身の魔力で解決しようとするな」

「あい」

苦言を呈された。まぁ、当然だった。

「音楽の中でも吹奏、声楽は魔術と密接に関わる。音は大気に浸透するからな」

「詠唱魔術というやつですねー」

「そうだ。ほとんどの魔力分野に詠唱は必要ない。魔法薬もそうだがな」

「でしゅね。歌いながら魔法薬なんて作らないでしゅ」

簡単な工程の時に鼻歌くらいはあるけれど。

それは私の好きでやっていることで、工程には関係ない。

「だが、一部の高度魔術にはやはり詠唱が必要だ。それを踏まえて、吹奏や声楽はヴェネト貴族の嗜《たしな》みであるわけだが……」

意味深な目で私を見ないでよぉー！

前世でも私は研究系のオタクだった。

ぶっちゃけ、手先は器用だ。弦楽器の類《たぐい》なら多分、できる。

しかし喉を使うとなると話は別。リコーダーに触るのは前世の小学校以来だ。

「まぁ、練習を重ねれば上手くはなるだろうがな」

「むっ……とーさまはどうなんでしゅか？」

私は興味本位で聞いてみた。父であるアシュレイは多忙を極める。

とても音楽をやっている時間はなさそうではあるけれど。

「……ふむ、久し振りにやってみるか」

「おー！　あたしも聞きたいですぅ！」

モーニャめ。ちゃっかり耳をぴょんと立てて……。

アシュレイが側近からフルートを渡される。

私の持つ白のリコーダーと同じ材質のようだ。

「～～♪」

アシュレイは何の調整もなく、いきなり吹き始めた。

「――‼」

それは衝撃だった。

奏でられる繊細な旋律。

工房に満ちる清浄な音が身体の奥に入り込んでくる。

私はヴェネトの音楽をほとんど知らない。

冒険者ギルドで演奏され、歌われるものくらいだ。

静かで、それでいて飽きない。

壮大な旋律が思考を誘う。

春だ。

穏やかな春のイメージを私はその曲に抱いた。

数分ほど演奏し、アシュレイがフルートから口を離す。

「ううーん、とてもよかったですー！」

ぽにぽにぽに。モーニャがふわふわハンドで拍手する。

私も惜しみない拍手を送らざるを得ない。

「悔ちいでしゅけど……とーさまは何でもできるんでしゅね」

「そうでもない。子どもの頃は下手だった」

「えっ？」

「音楽よりも魔術のほうが楽しくてな。今のライラの気持ちもよくわかる」

……そうなのか。彼のことだから、何でもすぐできそうだったのに。

「習いたての吹奏楽はひどいものだった。豚の鳴き声みたいな感じだな」

「さっきのあたちのような？」

「いや、さすがにそこまでは思ってないが」

卑下しすぎたか。でも自己採点は豚のコーラスくらいだ。

「音楽はサーシャのほうが得意だったな」

それは意外な情報だった。

「かーさまが音楽を……」

「ああ、彼女は生まれながらに音楽の申し子だったな」

アシュレイの目が遠くを見つめている。

私は父と母が夫婦であった頃を知らない。

「今の春っぽい曲も、かーさまは演奏してたのでしゅ？」

「サーシャの得意だった曲だ。俺も彼女から教えてもらって、できるようになった……」

アシュレイがもう一度、フルートに口をつける。

一番耳に残った、春のように弾む旋律。

「……近頃は奏でていなかったが、意外と忘れていないものだな」

「そんなもんでしゅよ」

私は言いながら、胸が温かくなっていた。

いなくなった母の姿がまたひとつ、見えた気がする。

「あたちも頑張るでしゅ」

「おー、主様も今の曲を？」

モーニャがぽふっと前脚を叩く。

「とりあえずのもくひょーにしてみましゅ」

「ふふっ……サーシャも喜ぶかもな」

アシュレイも嬉しそうだった。

私のそばにアシュレイが寄ってくる。

「まずは音の出し方からだ。焦らなくていい……」

忙しい父が時間を割いて教えてくれる。その重みが私にはわかった。

「あい、基本からでしゅね」

「そうだ。まだお前の時間はたくさんあるからな」

父らしい言葉に私はぐっとくる。そう、私の時間はまだたくさんあるのだ。

「五年もすればきちんと演奏できるようになる」

「ご、五年もでしゅか⁉」

「……魔法薬を作りながらの生活なら、それぐらいかかるだろう」

「うぅ……」

確かに、この後も魔法薬作りの予定を入れている。

シェリーが新しい素材を搬入してくれるのだ。

「がんばりましゅ……！」

やってやろうじゃないか。魔法薬だって音楽だって……！

◆

こうしてライラは日々、パワフルに様々なことをしていた。毛生え薬についても資料面、素材面で様々な準備が整ってくる。

ライラが王宮にやってきて半月ほど経過し、季節は秋から冬になろうとしていた。緑の葉が赤へと色を変えて、あるいはぽろぽろと路面に散る。

いよいよ毛生え薬を調合するその日、アシュレイも朝から工房を訪れていた。

多忙なアシュレイが朝からずっと工房にいるのは初めてのことだ。

「そろそろ、ここの暮らしも慣れてきたか？」

「はいでしゅ」

「快適に暮らしてますよ～」

ライラの手元には紅茶セットが置かれていた。

いつの間にか持ち込んで、紅茶を楽しむようになったらしい。

慣れるどころか満喫している。

「とーさま、今日は本当にずっといるんでしゅか？」

「娘が伝説の魔法薬の調合に挑むんだ。当然だろう」

アシュレイが頷くと、後ろの文官も首を縦に振る。

この半月、ライラの凄さを文官たちも見てきた。規格外との言葉でも到底足りない。

ヴェネト王国始まって以来の魔法薬の天才――アシュレイの側近たちもそう噂していた。

「……親馬鹿でしゅ」

「何か言ったか？」

「何も言ってないでしゅ」

ライラはむず痒《がゆ》くなりながら、調合の用意を始める。

今回の調合は並みではない。素材ひとつ精製するにも手間がかかり、調合そのものにも膨大な魔力が要求される。

「道具の配置はこれでいいかな」

「素材のチェックも完了です！」

「ありがとうでしゅ！」

この半月でシェリーとロイドはすっかりライラの助手になっていた。

「オール準備オッケーですよ、主様！」

「よしでしゅ……じゃあ、そろそろ開始でしゅ！」

気合を入れたライラが素材に向き合う。もう毛生え薬のレシピは頭の中に入っていた。

まず極めて貴重な月と太陽の香草を鉢にどさっと入れる。この香草だけで下級貴族が一年暮らせるほどの価値がある。

ごくり、とその価値を知る文官が息を呑む。

満月蜘蛛の糸も鉢に入れ、ゆっくりと魔力を込めながら混ぜ合わせる。

「ごりごり、ごりごり……でしゅ」

満月蜘蛛の糸に魔力を馴染ませながら、硬い葉を砕く。魔力の制御を間違えると台無しになってしまう、繊細さが要求される作業だった。

「モーニャ、風の魔力を送ってくだしゃい」

「はーい」

すり鉢のそばに浮くモーニャが前脚をぱたぱたとさせ、風を起こす。それが終わるとライラはまた作業に集中し始めた。

やがて葉を砕く作業が終わると、流れるように次の作業へと移る。迷いも淀みもない。

「……凄《すさ》まじいな」

工房の反対側に座るアシュレイが張り詰めた作業に感想をこぼす。

「普通の薬師なら、ひとつふたつの作業で疲労困憊《ひろうこんぱい》して終わりになってしまうでしょう」

「そうだろうな。ライラの魔力だからできることだ……。伝説の魔法薬というのも頷ける」

ライラが砕いたいくつかの素材と溶液を鍋に入れ、魔力を通しながらかき混ぜる。

「次の素材はここに置いておくよ」

「ありがとでしゅ」

ライラには珍しく、顔をロイドに向けずに答える。ライラの視線と集中力は今、魔法薬に注がれていた。

アシュレイの手元にも毛生え薬のレシピの写しがある。

それを読み返したアシュレイが首を傾げてシェリーに尋ねた。

「……本に載っているレシピと違うんじゃないか」

「ええ、はい……ライラ様のアレンジが入っていますね」

「大丈夫なのか……」

ちょっと不安そうな声を出すアシュレイ。伝説的な魔法薬で、さらにアレンジとは。

「あたちの調べでは、むしろレシピのほうが間違ってるでしゅ」

鍋の中身をぐるぐる。魔力を溶け込ませる反復作業中のライラが答えた。

「詳しいことは省略しましゅが、あたちのやり方のほうが多分正解でしゅ」

「ううむ、昔のほうが間違っていたと……？　魔術にもたまにあるが……」

魔術にも同じ効果で様々な流派があり、中には非効率なものもある。

モーニャがふにっと尻尾を振りながら答えた。

「パイの作り方もたくさんありますからねー」

「そーいうことでしゅ」

鍋を混ぜ終わったら、さらに素材をひとつずつ入れては煮込み、混ぜていく。

黄金の冬虫夏草、ミスリルの粉、エルヘンの干し貝柱……。

ひとつひとつを丁寧に。鍋の中身を確かめながら混ぜていくと、素材と魔力が融合して一体になってくる。

鍋から発せられる魔力の強さにアシュレイも身体の奥が震えてきた。

「恐ろしいほどの魔力だな、ロイド」

「ああ、これがライラの本気なんだね」

作業が始まって四時間が経ち、額の汗をモーニャがハンカチで拭う。

最後に再び満月蜘蛛の糸をひとつまみ。そこでライラが鍋の火を止めた。

「……完成でしゅ！」

ライラの言葉に工房の全員が声を上げる。息を呑むような空気が一気に緩んだ。

「やりましたね！」

「ちゃんと融合しているね」

「ああ、歴史的な成功だな……！」

そこにライラが指を振る。

「ちっち、まだでしゅ。ちゃんとテストしないとダメでしゅよ」

「……テストか」

アシュレイが鍋をじっと見つめた。

「そうだな、確かに。しっかりと効果を確認しなければなるまいな」

「でしゅ。じゃあ適当な人に振りかけてみて――」

ライラが巨大スプーンで中身を小分けにしようとすると、アシュレイが止めに入った。

「待て、俺が最初ではダメか？」

「なんでとーさまが……とーさまの毛はふさふさでしゅよ。どこも抜けてないでしゅ」

「いや、そういうのではなくてな……。お前の薬を試してみたいんだ」

「……大丈夫だとは思いましゅけど、百パーセント安全ではないでしゅよ」

「それでもこの工房で作った新作だ。記念すべき一品じゃないか」

「う～ん……」

まぁ、でも気持ちはわからなくもない。愛娘が精魂込めて作り上げた品だ。

他人がテストするくらいなら、自分でテストしたいのだろう。

「ずいぶんな親馬鹿でしゅけど」

モーニャがライラの耳元で喋る。

「エリクサーを用意しておけば大丈夫じゃないですかねぇー」

「そうでしゅね。そんなに実験台になりたいのなら、止めないでしゅ」

「実験台とテストは結構意味が違うように聞こえるけど」

ロイドのツッコミはもっともだった。

「些細《ささい》な違いでしゅ」

ということで、木製のコップに毛生え薬を取り分ける。ライラに背を向けるよう座る彼の前のテーブルにはエリクサーの瓶も置かれていた。

「いつでも来い」

アシュレイは背筋を伸ばして待機している。

後ろに回ったライラがロイドに抱えられ、毛生え薬の入ったコップを傾ける。

ライラは魔獣の皮から作られた薄い手袋を着けていた。プラスチックのような素材であり、魔法薬に触れても大丈夫。

緑色の毛生え薬は猛烈な魔力の波動を放つ、ドロっとした液体だ。

毛生え薬を手のひらにそっと出す。ぬるめの液体を感じながら、ライラは薬を手で伸ばした。

「行きましゅよー」

「ああ」

背中から見るアシュレイに緊張している様子はない。

信じ切っている。娘の魔法薬を。

こんなにも信用されるなんて……と思いながら、悪い気はしなかった。

……ぺたぺた。

ライラは毛生え薬の溶液をアシュレイの銀髪に塗りたくる。

艶があって流麗な髪。正直、毛生え薬は不要だが……これもテストだ。

コップの中身を全てアシュレイの髪に塗りつける。

「終わったでしゅ」

床に降り立ったライラがアシュレイを見上げた。特に変化はない。

「効果はすぐに出るのか？」

「割とすぐ出るはずでしゅけど」

と、その瞬間――アシュレイの毛髪が恐ろしい勢いで伸び始めた！

ほんの一瞬で数十センチも髪が伸び、さらにぐんぐんと床へ近づく。

「ええっ⁉」

「こ、これは……っ⁉」

アシュレイもライラも驚きに目を見張る。

「ちょっとスピードが早すぎるかもでしゅ！」

あっという間にアシュレイの髪が床へ到達し、さらに広がっていく。

「主様、これってどれくらいで止まるんです？」

「五分ぐらいは続きましゅ」

「主様、それってかなり……マズくありません？」

数秒で数十センチ伸びる。このスピードのままなら、五分でも数キロの長髪になりかねない。

それはさすがに工房中が髪で埋まってしまう。

「エリクサーを飲んでくだしゃい！」

「いや、待て！　髪が伸びているだけだ……問題はない！」

アシュレイがライラたちを制する。

その間にも髪は伸び続け――床にも猛スピードで拡散していく。

「陛下……だ、大丈夫なのですか⁉」

「頭が重いが、それだけだ」

髪はひたすらに伸びていく。床はもう足の踏み場もないほど。

さらに髪は重力に逆らって工房全体を埋め尽くさんとする勢いだ。

わさわさ。アシュレイの髪を踏みそうで誰も動けない。宙に浮かぶモーニャを除いて。

「……髪が覆い尽くしたら備品が壊れるよ。さすがに止め時じゃない？」

ロイドが釜や備品に目を向ける。

「いや、もう少し。もうちょっとのはずだ」

アシュレイはなおもエリクサーを飲もうとしない……。側近もさすがに無理に飲ませるわけにはいかず、目線でライラに助けを求める。

この状況にライラが爆発した。

「もう限界でしゅ！　モーニャ、とーさまにエリクサーを飲ませるでしゅよ！」

「はいさー！」

ライラとモーニャがエリクサーを持って椅子に座るアシュレイに飛びかかる。

「うぉっ！　待て！　本当にあともうちょっとだ！」

「何がでしゅか！　モーニャ、とーさまの顔を上に向けるでしゅ！」

「はいはーい！」

ふわふわ毛玉ながら、モーニャの力は強い。ぐぐぐっーとアシュレイの顔を天井に向かせる。

「さぁ、飲むでしゅ！」

エリクサーの瓶をアシュレイの口に近づけ——まだエリクサーを飲ませないうちに、髪の成長がぴたりと停止した。

アシュレイの髪がくたりと力をなくす。

「おおっ、陛下の髪が止まりました！」

「うん……もう成長しないのかな？」

飛びかかったライラとモーニャがアシュレイの髪を撫でる。髪はもう伸びていない。

「……本当ですね、主様」

「確かに止まったでしゅ。とーさま、どういうことでしゅか？」

「自分の頭に残る魔力から推測しただけだ。お前にもわからなかったみたいだが……俺には予測できた」

「なるほど、だから落ち着いていたんだね」

「ああ、塗られた魔力が発散していくのがわかったからな」

ライラでさえ、そこまで鋭敏な魔力の感知はできない。

アシュレイの説明にライラがジト目で答える。

「……たまたまじゃないんでしゅか？」

「サーシャの魔法薬のテストに付き合ってきた俺だ。自信はあった」

淀みなく答えるアシュレイ。母の名前を出されてはライラも納得するしかない。

だからかアシュレイはライラの魔法薬の実験台になりたがったのだ。

「はぁ、一瞬焦ったでしゅ……」

「ふっ……魔術王と呼ばれるだけはあるだろう」

そこでアシュレイが伸びに伸びた髪を見下ろす。

「しかしそろそろ重い。切ってくれないか？」

咳払いするアシュレイ。ライラたちは総出でハサミを持ち出し、アシュレイの髪を切っていった。チョキチョキ……。

「素晴らしい。効果が終わっても成長が止まるだけで、髪質などにも変化はなさそうだ」

「とーぜんでしゅ。効果が切れて髪がボロボロになったら意味ないでしゅ」

「いささか髪の成長が急すぎるが、それ以外に欠点はない」

ロイドがシェリーにぼそりと呟く。

「……ずいぶん甘くない？」

「わ、わたしからはなんとも……っ！」

「濃度や量をうまくやれば解決しましゅ。ちょっと時間がかかりましゅけど」

「そうなのか？　使う量を減らすのでいいんじゃないのか？」

アシュレイの疑問にライラが両手を掲げる。

「うっかりドバっと出したら、えらいことになりましゅよ！」

「……それもそうだな」

「こぼしてネズミにでもかかったら、家が毛むくじゃらでおしまいですしねー」

モーニャが切り終わったアシュレイの髪を束ね、ゴミ袋に押し込む。

「ふむ……俺も髪で埋まった王都は見たくない。濃度を薄める方向でお願いしよう」

「でも簡単じゃないでしゅ。薄めると魔力の結合もほどけて……大変でしゅ」

「爆発するわけでもあるまい」

「爆発するかもでしゅ」

アシュレイはもうライラの言葉を冗談とは受け取れなくなっていた。

そんな間にも髪を切って捨てる作業は続く。切って、切って、切って。モーニャが風の魔力で集めては袋に詰めて……かなり片付いてきた。

「床が見えてきたでしゅ」

「我ながらこんなに髪が伸びたのか……」

ようやく頭を動かせるようになったアシュレイがこきりと首を鳴らす。

「後日、髪がぱらぱらと抜けないよな？」

「要経過観察ってやつでしゅ」

にべもなく言い放つライラ。

ライラが床に散らばった髪を持ち上げると――ぴたりと動きを止めた。

「……こ、これは！」

「主様、どうかしました？」

ぷかぷか浮かぶモーニャが身体を伸ばす。ライラの足元には小さな芽と葉が出ていた。

シェリーがライラの足元に屈み、床の隙間から発芽した種を引っ張り出す。

「スイートピーですね。秋に種まく種ですから、どこからか入り込んだのでは」

「妙だね。準備している時にはそんなのなかったと思うけど」

「それもそうですね。このくらい芽が出ていれば気が付きそうなものですが」

その通り、これだけの人がいる中でこんな目立つ種が見過ごされるだろうか。

ライラとアシュレイは顔を見合わせる。

「……まさかな」

「とーさまも思いましゅか」

「ないとは言えん」

ピンと来ていないシェリーが首を傾げる。

「陛下、どういうことでしょうか？」

髪をゴミ袋にぶち込んだライラが声を上げる。

「この種は……もしかしたら毛生え薬で芽が出たかもでしゅっ！」

そんな馬鹿な、とは思っても誰も否定しきれない。ライラの魔法薬はそれだけ規格外なのだ。

「……可能性はあるよ。生き物全般に作用するなら人体も植物も選ばないのかも」

「主様、そんな魔法薬でしたっけ？」

モーニャも毛生え薬の資料には目を通している。当然の疑問だった。

「そもそも調合に成功した人がほとんどいないでしゅよ。隠された効果なんてわかりましぇん」

「あっ、そうか！　出来上がりを試した人もいないんでしたね！」

「テストしてみる価値は大いにある」

もし毛生え薬が植物に効果があれば大変な成果だ。アシュレイの側近も興奮を隠せない。

ということでアシュレイの髪を片付けた一行は王都裏の丘に来ていた。

秋風が切り株だらけの丘に寒さを吹き付ける。残った木も葉が落ちて幹も細く、今にも枯れそうであった。

元は緑の生い茂る丘だったが、乱伐により荒れ果ててしまったのだとか。

「回復を待つと何十年もかかるだろう」

「もしこの毛生え薬が植物に効果があるなら……凄いことでしゅ！」

ライラが毛生え薬の小瓶をモーニャに渡す。モーニャが小瓶の蓋《ふた》を開け、ぐんぐん浮き上がっていった。

「じゃあ、この辺から撒けばいいですかー？」

「はーいでしゅーー！」

「んっしょ、えーい‼」

切り株と枯れかけた木に向かい、モーニャが毛生え薬をぱーっと上空から振りかけていく。

空中から緑の魔力がオーロラのように広がり、木々へと降り注ぐ。

ごくり、全員が見守る中――ゆっくりと切り株から新しい芽が生えていく。

枯れかけた木は太くなり、葉には力強い緑色が戻ってきた。

秋だが地面に埋もれた種も芽吹き、小さな芽と花を咲かせていた。

「おおー！　やったでしゅ！」

「このままどんどん撒いていきますよ～！」

モーニャが振りまいた先から丘には色濃い緑が戻っていく。

切り株から芽生えた緑にアシュレイが手を添える。

「……夏の日のような緑だ」

「でしゅね。でもさっきのスイートピーもそうでしゅけど……髪よりも効果が落ち着いている気がしましゅ」

確かに自然は戻っているが、あの髪の伸びる速度には遠く及ばない。

「元々は毛生え薬だからな、この植物への効果は副次的だからじゃないか？」

「その辺も要検証、ですね！」

緑が波のように広がる丘を見て、シェリーも意気込む。

アシュレイの側近たちも早くこの薬を検証したくてたまらないようだ。

「そうだな。この薬は多くの自然を救うようになるだろう……」

こほんとアシュレイが咳払いする。

「もちろん薄毛に悩む人間もな」

◆

こうして毛生え薬を調合し終えて、ライラの作る他の魔法薬の供給も段々と増えてきた。

それに従い、ライラの功績もゆっくりとヴェネト王国に浸透していく。

名前は出なくてもこれほどの魔法薬なら当然、噂も広がる。ほどなくボルファヌ大公にも噂が届き、彼の派閥の貴族が集まって会合を開いた。

口火を切ったのは内務省に関わる門閥貴族のひとりであった。

「王宮の奥にいる『例の御方』はよほど魔法薬に通じておられるようだな」

謎の魔法薬の作り手。それを門閥貴族は『例の御方』と呼んでいた。

「陛下の側近も忙しそうにしておる。品物も良いようだ」

続いて発言したのは商務省に所属する貴族だった。

「商人どもの話だと最高品質の魔法薬らしい。こぞって陛下になびこうとしておる」

「……あの利に聡《さと》い商人どももか」

会合がざわざわとどよめく。ヴェネト王国は魔術の先進国だ。

国土は広くなく、気候は寒冷。農業も漁業も鉱業も突出したものはない。

しかし周辺国を恐れさせているのは、ひとえに魔術とそれを利用した品物の輸出にある。

そして輸出にあたって商人の影響は非常に大きい。いかに強大な魔力が込められた品物も、商人なしには輸出は成り立たない。

「冒険者ギルドも誰でも使える魔法薬は歓迎する。あいつらもさらに陛下へ接近しよう」

そして国際団体である冒険者ギルドも同様だった。彼らは魔物の討伐と監視のために組織されている。

魔力ある品物を作るには冒険者の狩る素材が必須であり、ヴェネト王国での存在も極めて大きい。

「冒険者ギルドは政治的中立が信条。しかし魔法薬などの実用品を融通されれば……」

「ううむ……困りましたな」

「すでにこの会合にもいくつか空席が……」

貴族らがちらちらと視線を交わす。

すでにボルファヌ大公の呼びかけにも応じない貴族が出ているのだ。

ボルファヌ大公が不愉快そうに鼻を鳴らす。

「ふん、陛下もあがくものよ。黙って我ら、門閥貴族に実権を譲ればいいものを」

「しかし陛下の魔力は本物。魔法薬を作った者の魔力も侮れない。我らの中で太刀打ちできるのは大公様くらい……」

出席者のひとりが不安そうに周囲を見渡す。先王の弟であるボルファヌ大公は血筋においても魔力においてもアシュレイに次ぐ。

だがその狭量で偏執的なところを嫌われ、後継から外されたのだ。

門閥貴族のほとんどは大した魔力もなく、既得権益ゆえにボルファヌ大公派に属しているだけだった。正直、アシュレイとの対立が激化するのを望む者はほとんどいない。

「貴公らも魔法薬の恩恵を得ようとしているのか？」

ボルファヌ大公が出席者を睨《にら》みつける。

図星を突かれた何人かが気まずそうに身体を揺すらせた。

「仕方あるまい。我が作るエリクサー……完成品の一本を蔵から出そう」

「おおっ！　大公様が丹精を込められた、あの品を!?」

「ついに出されるのですか！」

「うむ、諸君らも知っていよう。我でさえエリクサーを作るのに十年はかかる。今回、陛下の力を削ぐのに一番働いた者へ、この貴重な品を手渡そうではないか」

ボルファヌ大公が何人かに視線を向ける。

「卿《けい》はどうだ？」

隻腕《せきわん》の貴族、バルダーク侯爵に注目が集まる。バルダークはボルファヌ大公派の中でも一番アシュレイに近いと目される貴族だ。

だが先王への忠義が強く、そのためにボルファヌ大公の派閥に籍を置いていた。

軍事的功績により、軍や中立派の貴族にも大変人気がある貴族である。

バルダークは目を細め、ボルファヌ大公へと答えた。

「私の忠誠は国に捧げられております。これより参謀会議がありますゆえ、先に失礼」

バルダークは何も言質を与えず席から立った。

大公は苦々しく思いながらもこうやって取り回す他にない。

「……うむ、期待しておるぞ。他の者はどうか？」

その言葉を聞いた出席者が押し黙る。万病に効くエリクサーは誰でも欲しい。

だが、誰もアシュレイとの矢面には立ちたくはなかった。

「……どうした！　返事は！」

「は、はい……」

「必ずや……」

ぽつぽつとした返事が続き、大公は一応満足する。

同時に彼の胸の中には、暗い想いが去来していた。

（あの若造に勝つには、やはり我の切り札を使うしかないか……）

■第五章『こんな魔法薬を作りたい』

ライラの日常が変わり、一か月ちょっとが経過した。

冬に至り、しんしんと雪が降る日も出てきている。

白く変わった外を見ながら、ライラは工房で古びた分厚い本を読み漁っていた。

「……ふむふむ、でしゅ」

「今日も休まないのか」

同じく工房にいるアシュレイがコーヒーを飲みながらライラに問う。

ヴェネト王国で使われる暦は地球と同じ七日サイクル、最後の日が休みだ。この辺はなぜだか世界が違っても変わらないらしい。

なので王宮に勤める人も今日は少ない。政務機能はほとんど停止しているからだ。

「休んでましゅよ」

「……古文書を読むのがか？」

「あたちはそーなんでしゅ。というか、とーさまも仕事しているじゃないでしゅか」

アシュレイの手元には文官の作成した報告書の束があった。

「これは来週読む分の先取りだ。仕事のようで仕事じゃない」

机に寝そべるモーニャが顔をごしごしする。

「主様と変わらないように思いますけどね」

「血筋ってやつでしゅよ。ふむふむ……」

心ここにあらずというライラにアシュレイが興味を引かれる。熱心に本を読むことは多々あるが、ここまで本に集中するのは珍しい。

「それは何の本なんだ？」

「分身薬の本でしゅ。けっこーレアな本でしゅ」

「……分身。それは魔術にもある分身でいいのか？」

自分の分身を生み出す魔術はいくつもある。土くれから生む土分身、影から生む影分身など。単純で短気な魔物に対する囮《おとりやく》役として、非常に有効な高等魔術だ。

「そーでしゅ。とーさまも使えるんでしゅか？」

「使えるぞ。待っていろ」

コーヒーカップを置いたアシュレイが魔力をみなぎらせる——アシュレイの影がゆらりと動き、立体感のある人形のように立ち上がった。

黒一色の影の中にぼんやりとアシュレイの顔と服装が再現されている。

ライラは前世で見た蝋人形《ろうにんぎょう》の黒色版だと思った。魔物は騙《だま》されるだろうが、人間が見間違えることはありえないだろう。

「こーなるんでしゅね」

「これは影分身だが、中々に有用だ。魔術大学の戦闘学科では必修だしな」

「へぇー、やっぱり使える魔術なんですねぇ」

「あの氷河へラジカの誘導でも使われたはずだ。即席の囮としては十分だからな。しかしなんで分身の魔法薬なんだ？」

「自分がふたりいたら、便利かなと思いまちた」

「…………」

「わかってましゅよ！　分身にせーこーな動きをさせるのは難しいってことは！　でもあたちが鍋を見ている間に、素材を切ったりしてくれたら……」

ライラの言う通り、分身魔術はそんなに万能ではない。

分身を思った通りに動かすのはとても大変でセンスがいる。使い手のほとんどは分身を使い捨てのカカシとして割り切っているはずだ。

「自分と違う動きをさせるのは超人的な難易度だぞ。俺でも難しい」

「でも不可能じゃないんですよね？」

「東の国には分身が大変得意な一団もいるらしいが……。術者当人は弓を使いながら、分身には剣で戦闘させたりな」

「何も全身を再現しなくてもいいでしゅ。上半身だけでも増やせたら……」

アシュレイが頭の中にもやもやとライラの構想を思い浮かべる。

ライラの上半身を模した土人形。それをテーブルに置き、当人は別の作業へ。土人形は素材を切り揃える。

「……まぁ、その用途なら全身を再現する必要はないか」

「でしゅよね。というわけでコレを頑張るでしゅ」

毛生え薬を薄める研究にも一段落がついたので、別のこともやりたくなったのだ。

アシュレイとしてはもうライラには大いに働いてもらっているので、何も言うつもりはなかった。なにせ四歳児なのだから。

そこにロイドが工房へとやってくる。この数日、彼は国に戻って様々な公務をこなしていた。

それが終わり、また王都に戻ったのだ。

「やぁ、ただいま」

「おかえりでしゅ！」

「先方は問題なさそうか」

「うん、ライラのおかげでね。魔物退治と魔法薬の供給のおかげだ」

アシュレイはライラの製作した魔法薬を切り札として流通させていた。

高品質の魔法薬は誰でも欲しがる。諸国の評価も極めて高い。

「にしても簡単な魔法薬――煙幕や解毒薬、ポーションでいいんでしゅか？」

「爆裂薬を輸出はマズいだろう。ポーションでもお前のは超高品質じゃないか」

「うん、僕たち竜族にはポーションの効きも弱いはずだけど……しっかり効果あるよ」

視覚が異常発達した魔物には煙幕だけでもとても有用だ。

解毒薬についてはどんな国でも冒険者ギルドでも欲しがる。

「需要はあるところにはあるんでしゅね」

「お前はどんな魔物相手でも爆裂薬を投げて倒すから不要だろうがな」

ロイドが納得して頷く。

「ああ、そっか。傷ひとつ負わないからね」

「それにこのモーニャもいますからね！」

モーニャがふもっと前脚を上げる。彼女もこれでいて風の魔術はかなり強力である。

「で、国に戻ったら……氷河ヘラジカの件で調査が進んだよ」

「ほう、共有してもらえるのか？」

「もちろん。竜の鋭敏な感覚でシニエスタン周辺をもう一回調べたら、痕跡が残っていたんだ」

「我々の調査では何も出なかったが……。手間を取らせたな」

「構わないよ。ただ、大部分は風と土に紛れてしまっていたけどね」

ロイドが皮袋を取り出す。そこには魔力がかすかに残る砂が入れられていた。

砂は赤紫に変色していて、何かが砂に作用したように見えた。

「総出でかき集めて、このくらいだ。何かの足しになるかい？」

「もちろん、重要な手がかりだ。受け取らせてもらおう」

アシュレイが皮袋を受け取る。

「……ふむ、でしゅ」

「どうかしたか、ライラ」

「ウチの国では魔物の暴走が相次いでいるんでしゅよね？」

「そうだな、ヴェネト王国の近辺で多発している。今、一番頭を悩ませている問題だ」

「最近、魔物の暴走があったところもロイドしゃんに調べてもらったらどーでしゅ？」

「僕は構わないよ。この件は僕の国でも重大案件だからね」

アシュレイが皮袋に目線を落とす。その瞳には言いしれぬ悲壮さがあった。

「……ここ近年の暴走事件では、サーシャのが最大だった」

その言葉の意味をわからないライラやロイドではない。

アシュレイの指が皮袋をなぞる。古傷に触れるように。

「何度調べても、何もわからなかった。単なる不幸な事件としかな。だが、これほどまでに暴走事件が起きている……何か裏にあるんじゃないかと思わざるをえん」

「僕も同じ見解だ。竜の歴史を紐解《ひもと》いても異常な頻度だよ」

「やはりそうか……。そう、だよな」

アシュレイが長く息を吐く。

「サーシャの事件現場、彼女の研究所跡は保存してある。四年前だが何か残っているかもしれない」

「……とーさま」

「他の事件が起きた地点も内務省で記録している。ロイド、君が調べてくれるなら被害者も喜ぶだろう。どうか頼む」

「わかった。じゃあ僕はライラの手伝いをしながら事件の地点を調べて回るよ」

「あたちはその砂をちょっと調べてみるでしゅ」

「……何だって？」

「どーいう魔力なのか、魔法薬で調べられるでしゅ」

魔法薬には試験薬の類もたくさんある。魔力や魔物の痕跡を割り出すなら、魔法薬の右に出るものはない。

「いや、だがな……」

「主様より適役がいるんですか？」

「……いない」

アシュレイが渋々と認める。四歳児だが魔法薬について、ライラに比肩する人材は国内にいないだろう。

その上、機密という点でもライラ以上に信用できる人間もいない。

「わかった。だが、くれぐれも扱いには気を付けてくれ」

「はいでしゅ！　これも頑張るでしゅよ！」

「うん？　これも……？」

ロイドが小首を傾げる。ライラはロイドが来る前に話していた分身薬のことを力説した。

「ふふっ、なるほどね……君らしい」

「そーいうわけで、素材集めにはまた手を借りるでしゅ」

「わかった。もちろん協力するよ」

こうして新しい目標に向けてライラは意気込むことになった。

これがヴェネト王国を大きく変えることになろうとは、この時のライラは思いもしなかった。


それから一週間、ライラはまた本漬けの日々を送っていた。調べているのは分身薬と赤紫色の砂の分析方法である。

シェリーはライラの助手として存分に働いていた。

「隣国より取り寄せた本はこちらに！」

「あーい」

「書写した冊子は向こうに！」

「あいあーい」

分身薬も高難度の魔法薬だ。文献調査が欠かせない。

色々と取り寄せて読み進めたことで、なんとなく構想が浮かんできた。この瞬間がライラにとってはたまらなく楽しい。

ライラが工房で両腕を振り上げる。感情を向ける先は工房で仕事をしているアシュレイだった。

「とーさま！」

「なんだ？」

「お出かけしたいでしゅ！」

アシュレイが窓の外を見る。ヴェネト王国はすでに冬。さらに今日は吹雪であった。

「冬だが……」

「研究のためでしゅ」

「あの砂の件か？」

「関係なくもないようなところでしゅけど、本題はそれじゃないでしゅ」

ごにょごにょ。歯切れが良くない。

アシュレイが窓の外を見る。叩きつけるような雪のせいで外が白ということしかわからないほどだった。

「この月には珍しいほどの吹雪だが……」

ライラがじーっとアシュレイを見つめている。

今までもライラがテレポート薬でひょいと買い物に出かけたことは何度もあった。

出かける先にアシュレイが不要なら、声をかけることはないはず……。

つまり今回はアシュレイの力が必要ということだ。

そう考えると悪い気分ではない。

「……どこに行きたいんだ？」

ころっと態度の変わったアシュレイにモーニャが少し呆《あき》れる。

「主様に甘いですねぇー」

「まぁ、頼られて陛下も嬉しいのでしょう……」

シェリーがモーニャにこそっと耳打ちした。

ライラが新しい地図をとことこと持ってくる。それが冒険者ギルドの発行した最新地図帳であることにアシュレイは気付いた。

「ここでしゅ」

ライラがずびしっと指したページにアシュレイは眉を寄せる。

「ヴェネト王国、最高危険度の魔物群生地――石化の沼じゃないか！」

「あの石化の沼ですか⁉」

「おおっ、ふたりとも知っているんでしゅね！」

ライラが瞳をきらきらさせる。だがアシュレイは苦虫を噛みつぶしたような顔だった。

「知っているし行ったこともあるが、観光地じゃないぞ。この国でも有数の危険地帯だ」

「みたいでしゅね」

「ただの危険地帯ではありません！　ここは周囲を軍が封鎖して何とか……毒も年中無休で大気を覆っている激ヤバな土地ですよ！」

「そんなことも書いてあるでしゅ」

アシュレイとシェリーが顔を見合わせる。ライラはすでにこの土地からゲットできる素材に心奪われていた。このモードになるともう危険性などどこ吹く風だ。

「……わかった。俺も同行する」

「おや、珍しいでしゅね。素材集めにこれまでついてきたりしなかったのにでしゅ」

「それだけ危険なんだ。それにあそこはバルダーク侯爵の管轄でもある……俺が行ったほうがいいだろう」

「バルダーク……シニエスタンでも聞いた気がするお名前でしゅね」

「彼の軍はシニエスタンの時にも活躍していた。俺らが群れを討つ際、街を守っていたのは彼の軍だ」

「陛下の率いる近衛軍が鋭い矢なら、バルダーク侯爵の軍は盾と言えるでしょうね」

「ほえー、そんな人が石化の沼の防衛を担当してるんですねぇ」

「ああ、バルダーク侯爵の担当は飛び石のように散らばっている。それに……」

そこでアシュレイは言葉を切った。このように途切れるのは珍しい。

「どうしたんでしゅか？」

「彼は根っからの武人だからな。正直、お前にどう反応するかわからん」

モーニャがふよふよしながら能天気に答える。

「意外とお菓子をくれたりするかもですよ？」

「……ならいいがな。で、石化の沼にはいつ行きたいんだ？」

「うーん、準備を済ませて……明日でしゅ！」

「もうちょっと猶予をくれ」

「じゃあ明後日でしゅ！」

「もう一声欲しい」

「三日後じゃどーでしゅか！」

「よし、三日後に向かうとしよう」

ということでライラのお出かけは三日後に決まった。

出発までの間、ライラは猛スピードで調合を済ませる。すでに大量の希少素材が工房にはあるので、用意できるものは用意しておこうという形だ。

「ふんふんふーん♪」

小さなフライパンや鍋もしっかりコーティングしておく。素材と魔力をあらかじめ馴染《なじ》ませておくと調合にもプラスなのだ。

こうして準備を終えたライラは意気込んで当日の朝を迎えた。大きなバックパックの荷物を二回も点検し、モーニャの毛並みの先までブラシして整える入念さである。

最近は若干ラフな服装で工房を訪れることも多いアシュレイも、その日の服装は気合いが入っていた。

石化の沼に行くのはシニエスタンの戦いに挑むのと同じくらいのことらしい。

「……気は変わってないようだな」

「もちろんでしゅ！」

ちなみにシェリーも軍装で準備していた。

「わ、私も頑張ります！」

戦力というよりは、どちらかというと荷物持ちとして。

ということで、一行は石化の沼へとアシュレイのテレポート魔術で向かったのであった。

石化の沼は王国の南部に位置する。周囲は広範囲な湿地帯で人口密度は低い。

山々の盆地から水と魔力が流れ込み、危険地帯になったとされている。

テレポート魔術でぐいーんと身体が引き伸ばされる感覚を味わい、目を開けると一行は石化の沼に到着していた。

「雰囲気ありましゅね！」

到着したその場所は高台であった。沼を監視するヴェネト王国軍の砦《とりで》でもある。

目の前の沼地は濃い赤色に濁り、ボロボロに枯れた木が点在する。何回か雪が降ったのか、赤色に濡《ぬ》れた積雪箇所も多い。

書物通りの景色にライラのテンションが上がる。モーニャが毛先をいじいじした。

「おー……せっかく整えた毛が汚れそうですね」

「だいじょーぶでしゅ！　汚れたら何度でも拭いてブラシしてあげましゅから！」

「おふたりは……何ともなさそうですね」

酸っぱい匂いと濃密な魔力が沼に漂っている。

その魔力だけでシェリーは気分が少し悪くなっていた。

高台の下では数百の兵士がきびきびと働いており、かがり火が所狭しと並んでいる。

「陛下、お迎えにあがりました」

屈強の鎧騎士を伴い、高台に登ってきたのはバルダーク侯爵であった。

アシュレイの要請により、彼もまた石化の沼に下向してきたのだ。

「悪いな、バルダーク」

「もったいなき御言葉……それでは、そちらのお嬢様が？」

「ああ、お前はもうシニエスタンで噂を聞いているだろうが……」

ライラとモーニャがぴょんと前に出る。

「あたちはライラでしゅ！　よろしくでしゅ！」

「モーニャといいますぅー！」

「……ふむ」

バルダークが目を細める。アシュレイほどにも反応しない。

背は百八十センチ、隻腕、肩幅も広くて威圧感があり……ちょっと気まずい。

モーニャがライラにごにょごにょ耳打ちする。

「主様、やっぱりこの挨拶はフランクすぎたのでは？」

「もう手遅れでしゅよ。押し切りましゅ」

バルダークがそこで膝を屈め、懐に手をやる。

「――っ！」

ライラが思わずびくりとすると、バルダークが懐から可愛らしい花柄の袋を取り出した。

袋からは香ばしいバターの匂いが漂っている。モーニャが鼻をひくひくさせた。

「……それはなんです？」

「クッキーだ。家内に焼いてもらった。ぜひ食べてみてくれ」

ライラが袋を受け取り、中を開ける。

バニラとチョコの美味しそうなクッキーがぎっしりと入っていた。

「おおっ！　おいしそーでしゅ！」

「うぁー！　食べちゃいます！」

ライラもモーニャも美味しいものが大好きである。その場ですぐさまポリポリとクッキーを食べ始めた。

ほどよく柔らかく、砂糖も多め。四歳児向けのクッキーだった。

「うーん、すばらしーでしゅ！」

「はぁ～幸せ～！」

「家内はちょっとした菓子店も経営している。口に合ったようでよかった」

ぽりぽりぽり……！

ふたりはクッキーを食べ続けていた。一段落するまでシェリーは見守るだけだ。

さすがに四歳児にクッキーをくれとは言えない。

「すっかりクッキーに夢中ですね」

「ふむ、菓子を自作か……」

ぽつりと呟くアシュレイにバルダークが応じる。

「陛下も挑戦いたしますか？　料理の道は武と同じで果てしないそうですが」

「……国内がもう少し静穏になったらな」

ここに来た理由はライラの付き添いだが、広くは魔法薬の生産と暴走事件の解決にある。

「しかし、驚きました。陛下から石化の沼を訪れたいと連絡のあった時は……。ここはかろうじて封じ込めておりますが、掃討の目処もない危険地帯です」

「ライラが行きたいと言うものでな」

「ここの魔物は泥の魔力と一体化して、とても強靭《きょうじん》です。普通の魔術は効果がありません。手はありますので？」

クッキーをごくんと飲み込んだライラが勢いよく手を挙げる。

「だいじょーぶでしゅ！」

「口の端にクッキーがついてるぞ」

アシュレイに指摘され、モーニャがぐいっとライラの口の端のクッキーを拭う。

「爆裂薬もさほど効果はなかろう。毒の類も効かん。だが、方策はあるんだな？」

「……きっといけるでしゅ！」

「ふむ、試してみられれば良いでしょう」

ライラたちが高台を降りて砦に向かう。砦では兵士たちが首を伸ばしてざわついていた。

「この沼に挑むつもりらしい……」

「陛下と将軍と言えども……」

駐屯する兵はこの沼の危険性をよくわかっている。何百年の間、打開策もなく封鎖することしかできていないのだから。

それは即位したアシュレイにとっても同じだ。バルダークが念を押してくる。

「この沼の魔物は動きが遅いですが、討伐は非常に困難。冒険者も命知らずが奥へと挑みますが死にゆくのみ……」

石畳の道が終わり、沼にさしかかる。沼に近づくと、いくつもの敵意が背中に突き刺さるように感じられた。

「すでに待ち構えているな」

「はい。魔物どもは不用意な獲物が足を踏み入れるのを待ち伏せしております」

ライラはバックパックからごそごそと瓶を取り出す。

小瓶の中にあるのは緑色のどろっとした液体――毛生え薬だった。

「それをどうするつもりだ？」

「ふっふふ……でしゅ！　へーか、まず魔物をおびき寄せてくだしゃい！」

「……なんだと？　説明を聞いただろう。ここの魔物に攻撃用の魔術は効果がない」

「おびき寄せるだけでいいでしゅから！」

ライラがせがむ。アシュレイは口の端を曲げながらも首肯した。

「わかった。引きつけよう」

「はいでしゅ！」

「陛下、危険ですぞ」

バルダークが呼び止めるがアシュレイは歩みを止めない。

「俺を誰だと思っている。ここの魔物にも遅れはとらん」

それだけ言うとアシュレイは魔力を解き放ち、空へと舞い上がった。

「さて、と。どうせ効果が見込めないなら派手にやるか」

アシュレイが両手に魔力を集め、凝縮させる。魔力が渦巻く光になり、アシュレイはそれを沼へと放った。

飛行魔術と攻撃魔術を併用できるのは、最高クラスの魔術師だけである。

「へーかもやりましゅね……」

渦巻く光が沼に着弾し、爆発を起こす。大地が揺れて沼が沸き立った。

沼から赤紫の沼水をしたたらせながら、枯れた大木の魔物が姿を見せる。

石のような灰色の身体に腕のような枝が生えていた。幹に空いた黒い穴が目と口の役割を果たし、うめき声を漏らす。

「ウウウウ……ッ‼」

植物系のA級魔物、ドライドウッドだ。身体は石のように硬く、防御に長《た》けている。

他の地域では動きが鈍く、炎に弱いのでそこまで危険ではない。

だが、ここにおいては沼の魔力を吸って遥かに強力になっていた。

魔術を弾き、炎も寄せ付けない。

実際、アシュレイの攻撃魔術を受けても傷ひとつついていなかった。

「モーニャ、空から撒くでしゅ！」

「はーい！」

ライラから毛生え薬を受け取ったモーニャが空へとくるくる飛んでいく。

ドライドウッドがモーニャに向くが、アシュレイがそこに火炎魔術を打ち込む。

「おっと、お前の相手はこっちだ」

「ウウウウッ‼」

ドライドウッドが腕に魔力を集め、枝を弾丸として撃ち出してきた。

だがアシュレイはそれを華麗な飛行魔術で回避して翻弄する。

その隙にモーニャがドライドウッドの上に飛び、瓶を開け放つ。

「いきますよぉー！　それー！」

ぱーっと緑の毛生え薬がドライドウッドへと降りかかる。

「……毛生え薬で何が起こるんだ？」

「まー、見てなしゃいでしゅ」

毛生え薬が触れた箇所に自然の力が発現していく。ドライドウッドの身体の魔力がどんどん緑の葉へと変わり、弱っていく。

「ウウググ……ッ！」

「なんと、体内の魔力が置換しているのか！」

「まさかこんな効果があるなんて……！」

バルダークとシェリーが呆然《ぼうぜん》と成り行きを見つめる。砦の兵士たちも防壁越しにこの戦いを見守っていた。

ドライドウッドが膝をついて、枝を撃ち出すのも止まる。

「あんな戦い方があるのか……」

「さすがは陛下の連れている方々だ……！」

少しするとドライドウッドは完全に沈黙した。

体内の魔力が緑の芽吹きによって尽きたようだ。

「今でしゅ！」

「ああ、終わりにしよう！」

アシュレイが大気に満ちる魔力を操り、魔術で鋭利な刃を形作る。純粋な巨大な銀の鎌がアシュレイの手の先に出現した。鎌の刃のサイズは大の大人を遥かに上回っている。

「はあっ！」

アシュレイが右手で鎌を投げつけると、高速の刃がドライドウッドへ向かう。

パリン……っという甲高い音を立ててドライドウッドが両断された。

べしゃ。ドライドウッドの巨体が沼に崩れ落ちる。魔力の脈動も消え、討伐できたようだ。

その様子を見て砦の兵士が熱狂する。

こんなに簡単にドライドウッドを討伐した者などいなかったからだ。

「すげぇ！　本当に倒した！」

「アイツはどんな攻撃も通じないのに！　やったぁ！」

「魔術王様！　バンザイー！」

一連の様子を見ていたバルダークが残った左手を顎に当て、感嘆する。

「ううむ、まさか……本当にこれほど短時間で撃破されるとは。信じがたい成果ですな……」

戻ってきたモーニャがライラの頭上にぽふっと着地した。

「ドライドウッドってそんなにヤバい魔物なんですか？」

モーニャの問いにシェリーが答える。

「普通のドライドウッドはそこまでではありませんが……炎が効きますからね。でもこの沼のドライドウッドは弱点がなく、正面から戦うことはできません」

「その通りだ、シェリー。ここのドライドウッドはミスリルの刃さえ無効にする。基本的に沼から出てきそうな個体は慎重に誘い出し、落とし穴に落とすしかない」

モーニャが砦を見渡す。

「砦にたくさん落とし穴があるんですか？」

「この中央通路以外は落とし穴だらけだ。数百の落とし穴がある」

「ひぇっ！　危ない！」

「モーニャは飛べるじゃないでしゅか」

「……それもそうでした」

「そうやって落とし穴に誘って、力尽きるのを待つんでしゅよね？」

「ああ、それが唯一確実に沼の魔物を倒す手段だからな。しかし力尽きるまで何日もかかる……危険な戦いだ」

「それが……ほんの数分で終わってしまいましたね」

「記録上、こんな戦いをした者はいない。沼に生息する魔物は植物系しかいないが……まさか、全部にこの手が有効なのか？」

「そーでしゅ！　多分、このやり方ならけっこーいけるでしゅ！」

ライラの断言にバルダークが問う。

「お嬢様、どうしてそう思われたのです？」

「うーん、なんか魔物図鑑を見てたら思い浮かんだんでしゅ！」

ライラが元気よく答える。たったそれだけの情報で最適解に辿り着くとは。バルダークもこの四歳児が想像以上の傑物《けつぶつ》だと認めざるを得なかった。

（陛下の親族、もしくは子なのではと噂があったが……これは、もしや……）

公的にアシュレイはライラの存在を明らかにはしていない。

真実を知るのはアシュレイの側近だけのはず。

（仮にもボルファヌ大公派の私の前で、彼女の力を示してくるとは……。陛下は私を試しておられるのか）

兵士はたやすく沼の魔物を倒した一行に歓声を上げ続けていた。

当然だ。沼の魔物が減れば砦の兵は助かる。国土も守れるのだから。

上空からアシュレイが地上に声をかける。

「倒すのは一体だけでいいのか？」

「うーん、待ってくだしゃい！」

とととーっとライラが倒れたドライドウッドに走り寄る。全く恐れていない。

ライラは動かなくなったドライドウッドの腕を持ち上げようとしていた。

「い、意外と重いでしゅ……！」

「ちょっと無茶ですよ！」

シェリーも続いて魔物の腕を持ち上げる。

「で、なぜ腕を……？」

「この付け根の部分が欲しいんでしゅ！」

ライラがお目当ての部分に顎を向けると同時に、バルダークが前に進み出る。

「刀剣で斬っても？」

「だいじょーぶでしゅ！」

スパッ！　バルダークが長剣を抜き放ち、ドライドウッドを切り裂く。

その斬撃は神速にして正確無比――ドライドウッドの腕と付け根の部分が上手く切断されていた。

「おーっ！　こーしゃくさま、凄いでしゅ！」

「バルダークで結構ですよ。……ふむ、息絶えてからならはっきり分かりますが、両腕の付け根に魔力のコブがありますね」

「わかりましゅか！　これが必要なんでしゅ！」

ライラがバルダークによって切り離されたドライドウッドのコブを掲げる。

白く乾いた木の皮だが、中には魔力が秘められていた。

「まだまだひつよーでしゅ！　どんどんいくでしゅよ！」

「なるほどな、この沼に巣食う植物系の魔物のコブか……わかった！」

一行は沼の魔物をさらに討伐すべく、行動に移る。それは砦の兵をも駆り立てた。

「こうしちゃいられねぇ！　将軍！　俺たちも手伝います！」

「囮や運搬なら、力になれるはずです！」

「……お前たち」

バルダークが目を閉じる。この地の魔物に対して駐在兵はあまりにもか弱い。常日頃、力の不足を感じながら仕事に就いている。

それを払拭する機会がまさに今日だった。

「よし！　討伐の邪魔にならないよう、連携して作業に当たれ！」

こうして砦の人も動員して大規模な討伐作戦が始まった。

アシュレイが攻撃魔法で上手く魔物を引き寄せ、モーニャが薬を散布する。

そうして弱ったところを再度、アシュレイが仕留める——というものだ。

もちろん全てが簡単に済むわけではない。

「主様、こいつ薬を振りかけても動きますよー!?」

「むぅ！　そいつは背中、背中にたっぷりかけてやるでしゅ！」

たまにコブが変わった場所に生えている個体もいる。そうした個体に対処するのがライラの役目だった。

また、解体作業の指示も基本はライラだ。彼女以上に魔物に詳しい人間はいないのだから。

「あっ！　そいつは目の部分もいけそーでしゅ！　とっておいてくだしゃい！」

「承知した……！」

「あわわ！　素材は私が回収、保管していきますのでー！」

ライラの使う大切な素材はシェリーがきちんとメモを取りながら取り分けていく。

あっという間に数時間が経過し、陽がやや傾いてきた頃。砦の前には魔物の残骸が大量に積まれていた。

「ふぅ……こんなもんでしゅかね」

「ああ、そうだな。凄まじい戦果だ」

「はひぇー、終わりましたかぁー」

ずっと空を飛んでいたモーニャがライラの懐に飛び込む。それをよしよしと撫でるライラ。

「お疲れ様でしゅた」

「んぁー」

全身を脱力させたモーニャを抱えながら、ライラはシェリーの元に向かう。

「かなり集まりましたよ、ご確認ください！」

「はいでしゅー。おおー……想像以上でしゅね」

シェリーがメモとバッグに集めた素材を披露する。素材自体は乾いた木の皮や炭化した木材だが、ライラには黄金に光って見えた。

「ふふふっ、これだけあれば、でしゅ……!!」

ライラがバックパックから包丁や鍋、即席コンロ、すり鉢やすりこぎ棒を取り出す。

近くに着地して戻ってきたアシュレイが首を傾げた。

「……何をしようとしてるんだ？」

「もちろん、ここで調合するでしゅ！　あの分身薬を即、作りたいでしゅからね！」

「現地でやるつもりだったか……」

ライラの活躍を目にしていた兵が即座に反応する。

「この場で魔法薬を作るってよ！」

「そりゃあいい！　ぜひとも見せてくれないかな……！」

しかも兵だけでなくバルダークさえも乗り気だった。

「陛下、何を作るかの仔細《しさい》は存じませんが……砦を使われるなら、ぜひとも」

「ありがとーでしゅ！」

アシュレイが答える前にライラが身を乗り出す。やれやれと思いながら、止めないほうがいいだろうとアシュレイは判断した。

なんだかんだ言ってもアシュレイはライラに甘いのである。

砦の一角を借り、ライラとモーニャが荷物を並べていく。即席コンロやら鍋やら……あっという間に調合場が完成していた。シェリーが手伝う隙もないほどだ。

「とても慣れておられますね……」

「お外でのまほーやく作りこそ、楽しいんでしゅ！」

「古の時代には工房もなく、野外での魔法薬作りこそ本命とはあったが……」

アシュレイが古書の一節を思い出している間に、ライラは調合をスタートさせていく。

「ふんふんふーん♪」

鼻歌をしながら木の皮を物凄いスピードで削り、あるいは刻んでいく。

まな板から止まることなく音が鳴り、近くにいる見学者の誰もがそれに注目していた。

「なぁ……この沼の魔物の素材ってあんな簡単に切り分けできたか？」

「いや、将軍ならまだしも……信じられねぇ」

素材のカットが終わるとライラは鍋に逐次放り込んでいく。ここからが腕の見せどころだ。

「モーニャ、風が欲しいでしゅ」

「はーい」

モーニャ、そしてライラ当人の魔力を織り込めながらじっくりと煮込む。

もくもくもく……と物凄い量の煙が鍋から出始めた。

「なんだか煙が恐ろしい勢いで出てないか？」

「吸い込んでも無害でしゅ！」

「……これだと野外でやるしかないな」

全部で二時間ほど作業をしただろうか。鍋をぐるぐるぐる回していたライラがお玉を止める。

「よし、できましたでしゅ！」

「おー！　これがもしかして……！」

「分身薬でしゅ！」

どーんとライラが胸を張る。鍋の中身は灰色であまり美味しそうな色でもなかった。

素材が素材なので、匂いも木の皮の匂いである。

「さて、誰が一番に飲むかでしゅけど……」

「主様は飲まないので？」

「アレンジを加えたので、他の人の観察を優先したいところでしゅ」

「……主様が飲まないなら私も……」

モーニャがちょっとだけ鍋から離れる。

「そういうことでしたら！　ぜひとも私が！」

びしっと腕を上げたのはシェリーであった。アシュレイが感心して頷く。

「勇気があるな」

「あれ？　陛下は……？」

「俺は毛生え薬で先陣を切ったから、今回は別の人間に試飲の栄誉を譲りたい」

「は、はぁ……そこまで名誉な行為と言われると逆にドキドキしてきますが……」

シェリーとしては軽い気持ちで手を挙げたのに、こう言われると身構えてしまう。

とはいえ撤回はせず、ライラから分身薬が入った木のコップを渡してもらう。

コップのサイズはかなり小さく、ライラの手のひらほどしかない。

「で、では……っ！」

ごくっ。

「……っ‼」

苦い。さらに舌がピリっとして――シェリーは涙目になってくる。

「全部でしゅ！　もっともっと、飲みきるでしゅ！」

「ふぐっ、はい……っ‼」

シェリーも国王付きの騎士。根性を見せて激マズの薬を一気に流し込む。

「ぷはっ、はぁ……はぁっ……」

「大丈夫か、死にそうな顔をしているぞ」

「味はまぁまぁキツめかもでしゅからね」

「……まぁまぁのレベルではなさそうだが……」

「味はおいおい、かいりょーしてくでしゅ。で、シェリーしゃんはどうでしゅか？」

「……はい、なんだか肩のところが熱くなって……」

「おおっ！　読み通りでしゅ！」

「くぅ、でも……これ、うくっ！」

シェリーが肩当てを外し、身をよじる。と、シェリーの肩から蒸気が立ち昇ってきた。

「だ、大丈夫なんでしょうか⁉」

「……問題ないでしゅ！」

「主様、ちょっと額に汗が……」

モーニャが前脚でライラの汗を拭う。

そして蒸気がシェリーの上半身をすっかり包み込んだ。

「おわぁー‼」

「おいおい、これはまた凄いな……！」

やがて蒸気が弱まり、シェリーの上半身が再び姿を見せる。

そこには右肩から腕が生えたシェリーがいた。増えた腕は色も形も完璧に右腕である。

「……え」

すっすっと三本目の腕が動く。

「おー……うん、まぁ……予想通りでしゅ！」

「ええええー‼　腕が、肩から腕がっ！」

「落ち着いてくだしゃい！　それは自由に動くでしゅよ！」

シェリーの三本目の腕がVサインをした。

「た、確かに……思い通り動きます！」

「ほう、なるほど……」

アシュレイが腕を組んでシェリーに生えた三本目の腕を眺める。

「腕だけを分身させるのか。面白いアレンジだな」

「んむ、でしゅが……肩からだと微妙に不便かもでしゅ」

三本目の腕も長さは通常通り。生えた位置的に両腕と同じようには使えそうになかった。

「そこも計算通りじゃないんですか、主様」

「肩から腕が出てこないとわからないでしゅよ」

「まぁ、しかし成功は成功だろう。効果時間は？」

「あのコップ一杯で一日は持つはずでしゅ」

「そんなに？　それこそ凄いじゃないか」

「効果がすぐに切れちゃったら、無意味でしゅからね」

肩から腕の出ていたシェリーをバルダークが興味深そうに見つめる。

謎に生えてぴょこぴょこ動く腕を眺めると、彼の失われた右腕が疼《うず》いてきた。

「その分身薬、私にも試させてもらえませんでしょうか」

「……なんだと？」

「試飲係はいくらでも大歓迎でしゅ！」

訝《いぶか》しむアシュレイと対照的にライラは両手を上げる。

「もし右腕のない私が試したら、どうなるのでしょう？」

「わからないでしゅ！」

あまりにはっきりした答えにモーニャやシェリーはがくっとした。

「……この魔法薬は戦傷に苦しむ同胞を救う鍵になるかもしれません。どうか、試させてください」

「だが、貴卿《きけい》は王国の要……」

「将が先陣を切らねば、部下はついていきません。私が試して上手く行けば、信用も得られましょう」

「ふむ……だそうだが、大丈夫か？」

「だいじょーぶでしゅ！　ダメでも頭や股間から腕が生えるくらいでしゅ！」

「主様、地味に問題じゃありません？」

「明日には消えるでしゅよ！」

そんな副作用を聞いても、バルダークの決意は揺らがなかった、

「構いません。おかしな所に腕が生えても、改良に活かせるのなら……！」

「キマってましゅね！　そーいうの、好きでしゅよ！」

ライラが手のひらサイズのコップに灰色の液体を注ぐ。バルダークはコップを受け取ると、味にも匂いにも頓着せずに――ぐぐっと一気に飲み干した。

「おー！　いい飲みっぷりでしゅ！」

「木の根や野草に比べれば、飲める味です」

で、少し待つとバルダークの上半身からも蒸気が立ち昇り――すっぽりと彼を包む。

「どうなるんでしょー……」

「見守るでしゅ」

「あからさまにワクワクしてますね、主様」

そして蒸気が弱まり、バルダークが姿を見せ――なくした腕の部分からはしっかりと右腕が生えていた。しかも生えてきたのは、しかるべき長さの右腕だ。

それはまるで失われていた腕が戻ったかのようであった。

バルダークが右腕を見つめながらくいくいっと動かす。

「問題はありましゅか？」

「いいえ……自由自在です。左腕と同じように動きます」

「まー、そうじゃないとダメでしゅからね！」

ライラがふんっと胸を張った。肩に腕を生やしたままのシェリーも頷く。

「ビジュアルは置いておいても、確かに違和感なく操作はできますね……」

「ふむ、ちょっと失礼」

バルダークが剣を抜き放ち、両手で構える。そのまま一閃。

その剣速は片腕の時よりも速いように思えた。

「……体幹のバランスは考えねばならないでしょうが、慣れたらまず問題ないでしょう」

魔法薬の効果を見て、兵たちが盛り上がる。

「すげぇ、腕が生えるのか！」

「将軍万歳ー‼」

思ってもみなかった反応にライラが目をぱちくりさせた。

「こんなに喜んでくれるとは、予想外でしゅね」

「兵の協力もあっての今日の討伐だからな。それがこうした成果に結びついて、嬉しいのさ」

「なるほどでしゅね」

「さて、どうする？　調合は終わったわけだが……」

「お腹が空いたでしゅ」

お腹を押さえるライラに剣を納めたバルダークが向き直る。

「では、ぜひとも砦でお食事を。すぐに用意させます」

「そーでしゅね。あとは……」

ライラが魔物の残骸をじーっと眺める。

「あれも使えるでしゅ！」

「魔物は食べられませんが……？」

「それが！　なんとでしゅね！」

ライラがバックパックからどーんと色々な瓶を取り出した。

「あたちのスパイスを使うと、まぁまぁ……そこそこの味になるはずでしゅ！」

アシュレイは残骸となった植物系の魔物を見やる。獣系の魔物はまだわかるが、植物系のこれらはどうなるというのか。

が、それは杞憂《きゆう》であった。ライラはスパイスを駆使して魔物の調理を始める。

料理用の鍋に木の皮や根、葉などをぶちこみ……煮込みにする。するととんでもなく美味い出汁が取れたのである。

「いい感じでしゅねー、スープは香味野菜が決めるでしゅ」

そこに色々な肉がぶち込まれていく。とはいえ、元は砦の備蓄の肉だ。さほど上等ではない。だが、筋張った牛肉も硬めの豚肉もこの魔物スープに煮込まれると美味しく変身する。

「あいあーい、こっちももう食べられるでしゅよ！」

多めの味見をした後、ライラが兵に呼びかける。

兵たちも興味半分、怖さ半分で鍋を食べ始め――。

「うーん、一緒に入れた肉の臭みがこんなに消えるとはなぁ……」

「美味い、スープがとにかく美味い！」

「おかわり、もっとおかわり！」

兵たちがライラの謎鍋を絶賛し、ガツガツと食べていく。

気が付けば鍋に兵が群がり、空になろうとしていた。

その光景を見てアシュレイも肩の力を抜く。

「食には本気だったな、そう言えば」

「もちろんでしゅ！」

もしゃもしゃ。ライラが魔物の根っこを噛み砕く。濃厚なジャガイモみたいな味がして、実に美味い。

「にしても、よくやった」

「何がでしゅか？」

「いや、お前の魔法薬はきっと多くの人のためになる……という話だ」

「当たり前でしゅ。あたちのまほーやくで皆もハッピー、あたちもハッピーになるんでしゅ！」

口調は舌っ足らずでやっていることも滅茶苦茶、だがライラはこういう存在なのだ。

アシュレイは改めてそれを思うのだった。


宴が落ち着いてくると、ライラは疲労と満腹感でゆらゆらと寝そうになっていた。

「ふにゅ……」

「主様はもう眠たいみたいですねぇー、ふぁっ……」

そんなことを言うモーニャもあくびをしていた。

アシュレイが一働きをしたふたりを優しく眺めていると、バルダークがやってくる。

「少しよろしいでしょうか、陛下」

「ああ、構わんぞ」

バルダークに言われ、アシュレイはライラたちから少し離れる。

アシュレイにしては不用心であるが、それはバルダークに対する信頼の現れでもあった。

「今回の件、誠に感謝のしようもございません。沼の魔物も減り、このような魔法薬まで……」

「俺はすべきことをしたまでだ。それよりも腕に違和感はないか？」

「風や湿気は感じませんが、動かすのには不自由しません。思いのまま動いてくれる義手のようですな」

「なら、実用に耐えそうか」

「ええ……強力な魔物が暴れるたび、手足を失う者が出ます。その者たちへの大きな手助けとなるでしょう」

そこでバルダークは言葉を選びながら発した。

「ボルファヌ大公はまだ陛下の慧眼《けいがん》と先見の明を認められないようですが」

「ふん、叔父殿と門閥貴族はまだ俺に不服か」

「しかし陛下の切り崩しが功を奏し、焦っておられるご様子……」

「ほう……」

アシュレイが腕を組んで思考を巡らせる。バルダークはボルファヌ大公に近しいとはいえ、職務上は必ず中立を保ってきた。しかし今、彼の心中に変化が訪れつつあるようだ。

「ボルファヌ大公の配下が、ここや他の場所を行き来しているのはご存じでしょうか？」

「……どこら辺だ？」

バルダークがヴェネト王国の地名をいくつか挙げる。そのどれもに聞き覚えはあるが、大公の手の者が動くような場所ではない。

「グローデン、石化の沼……その他の場所も魔物が活発な場所だな」

「ここでも魔物の討伐に手を貸して、素材を持っていっているようで」

「リストはあるのか？」

「もちろん。とはいえ、全て合法ですが……」

「そうだな、魔物の討伐に部下を送り込んで素材を優先的に確保しても、何ら罪にはならない。それはライラもしていることだ」

ボルファヌ大公はアシュレイとは違い、その魔力や知識の全てを魔法薬に注ぎ込んでいる。素材も魔法薬へと投じているのは想像に難くない。

「……ですが、何を手に入れているかがわかれば、陛下のためにもなるかと」

「ふむ、そうだな……」

ボルファヌ大公の作る魔法薬は彼自身の力の源泉のはず。その詳細は知れなかったが、バルダークとライラの協力があれば……。

「わかった、可能な限りの情報を教えてもらおう」

少し仮眠を取ったライラがむくりと起きる。日は傾き始めており、寒い風が吹いていた。

「むにゃ……」

「うーん、もっと溺れるくらいのジュース……」

ライラの抱き枕になっているモーニャが口をぷるぷるさせている。

そのモーニャを撫でていると、ライラの頭が少しずつ再稼働してきた。視界の端でシェリーが書類仕事をしている。

「おはようでしゅ。どのくらい寝てまひたか？」

「おはようございますっ。えーと、でも二時間くらいですね」

「寝たりないよーな、お昼寝としてはじゅーぶんなような」

ライラの元にアシュレイもやってきた。当然、彼はしっかりと起きていたらしい。

「起きたか」

「あい」

「起きてないような……」

「だいじょーぶでしゅ。んん？」

アシュレイがライラの膝下に紙を広げる。そこにはバルダークから知らされた様々な情報が書き込まれていた。

「なんでしゅか、これは」

「とある人物の部下が、定期的に魔物の討伐をしている。その場所と獲得した魔物の素材だ」

「……ふむふむでしゅ」

ライラはそのとある人物を知らないが、わずかな口調の変化からそれがアシュレイの政敵だと理解した。

「ここまでの情報が掴《つか》めたのは初めてだが、これを見てわかることはあるか？」

「うーん、魔物の素材も色々と使い道がありましゅからねぇ」

「魔法薬の分野だけでいい。多分、その人物が素材を得る目的は魔法薬のためだからな」

「んむ……だとすると、ずいぶんと高度な魔法薬を作ってそうな感じでしゅね」

グローデンの満月蜘蛛の糸などなど。これらの素材は市販されるような魔法薬で使うには希少すぎる。

にしても、頭の中で考えるだけでは考えがまとまらない。ライラはモーニャに並んでうつ伏せになった。

「えーと、紙とペンを持ってきてもらえましゅか」

「どうぞこちらをお使いください！」

シェリーから紙とペンを渡されたライラはそのままの姿勢でぐりぐりと素材を書き連ねる。

「うーんと、この素材とこの素材は……」

魔法薬にはレシピがある。

ライラもアレンジはするが、それでも使う素材の大半は変わらない。

そして特定の素材は決まった魔法薬でしか使わない……こともある。

「えりくちゃーなら、これを……」

「ど、どれだけライラ様には魔法薬の知識が入っているんでしょうね」

「恐ろしいほどだな」

「うんん？　んん……」

ライラが小首を傾げて止まり、また再開する。

書き始めて十五分後。書き終えた紙はぐちゃぐちゃに文字が書き込まれていた。

「……悪いがさすがに読めない」

「じゅーよーなのは紙の下のほうだけでしゅ」

上よりはマシな字で紙の下のほうに書き込みがされていた。

「ロイドが見つけてくれた、あの砂を覚えてましゅか」

「ああ、もちろん。魔物の暴走事件の現場に残されていた砂だな……」

「あたちもあたちであの砂が何かなー、とは思ってまひた。でもこーほが多すぎて、確信はなかったでしゅ」

「……ふむ、それで？」

「このリストには高難度だけど、よく知られている魔法薬の素材もたくさんあるでしゅ。で、それらを取り除くと……いくつも素材が余るんでしゅ」

「……余った素材から何ができる？」

「試してみないとわからないでしゅが、あの砂に近いせーぶんになるかもでしゅ」

「――!!」

アシュレイが目を見開く。

早々にここまでの成果が出るとは思っていなかったが、これは大きな進展だった。

「本来ならすーかげつかけて、ちまちま調べようと思ってたんでしゅが……バルダークしゃんのおかげで早くできましゅた」

ライラの言葉を聞きながら、アシュレイはその意味を考えていた。

ヴェネト王国で多発する魔物の暴走事件。

誰かの手引きであれば、それは近隣諸国だろう。あるいは国内も十二分にあるとは思っていたが……。

「とーさま、何を考えてるんでしゅ？」

「国内に黒幕がいれば、そんな力を持つ存在は多くない。バルダークはこのリストの素材を集めているのがボルファヌ大公の手の者だと言った」

その意味を察したシェリーが青い顔をする。

「陛下、ということはあの砂とボルファヌ大公が繋がっていると？」

「そういうことになるな」

「ボルファヌしゃんはそんなに怪しいんでしゅか」

「父の弟、俺の叔父殿だ。魔力もあるし勢力としては極めて大きい。俺のことが嫌いな門閥貴族の代表格だな」

「じゃあ、動機もあるんでしゅね」

ライラも門閥貴族とアシュレイの対立は知っている。アシュレイはそれをなるべくライラには見せないようにしていることも。

「動機で考えれば俺の敵は百人を下《くだ》るまい。それだけでボルファヌ大公をどうこうはできん」

シェリーがごくりと息を呑む。

「……内戦になりますものね」

「そうだ、下手に突けば門閥貴族に口実を与え、周辺国も巻き込んで戦争になる」

「せーじの話しはむつかしーでしゅ」

「そうだな、ライラにはまだ難しいか」

アシュレイが苦笑いする。魔法薬の知識と腕はずば抜けていても、まだ四歳。

国内事情でさえ理解してもらうには早すぎる。

「だが、足掛かりは得た。俺も動こう」

「あたちにできることはありましゅか？」

うつ伏せのまま聞くライラの髪をそっとアシュレイが撫でる。

心配をさせないように。

「こっちのことは俺の専門だ。ライラは魔法薬のことをしてくれればいい」

その場の他の誰も気付いてはいなかった。

アシュレイの瞳に静かに燃えるような闘志が宿っているのを……。

それからライラたちは石化の沼を後にし、王宮へと戻った。

帰還したアシュレイは早速、手の者を動かし始める。狙いはボルファヌ大公とその一派。

（これまでは内戦を恐れて間接的な動きに終始せざるを得なかったが……）

もし魔物の暴走事件に黒幕がいるなら、死刑は免れられない。それゆえに嫌疑でさえ大きな波紋を呼ぶ。

しかし、アシュレイはライラの言葉を信じて動こうと決意した。

それが妻への弔いなのだから。

（……もし黒幕が本当にボルファヌ大公であるならば、容赦はしない）

■第六章『無敵なあたちとあたちのとーさま』

雪がしんしんと降り続く季節になり、ライラは魔法薬の研究を思う存分、進めていた。

「うーん……」

「主様、やっぱり分身薬はもうちょっと味をどーにかしましょうよー」

分身薬の改良品を飲んだモーニャの尻尾がふたつになっている。そのふたつをもふもふしながら、ライラは唸っていた。

「砂糖をいれると成分変わっちゃうでしゅ。むしろ、もっと苦くして効果時間を増やすのはどーでしゅ？　飲む回数を減らせましゅ！」

「ええー!?　これ以上、苦くなるんですかぁ……」

渋るモーニャ。ふたりが議論を戦わせている時にロイドが工房を訪れる。

「やってるね」

「ふぅ、各地を回って色々と情報を仕入れてきたよ」

「ありがとでしゅ！」

「……君の推理通りかもね」

ロイドもアシュレイやライラから様々な話を聞いていた。

なにせ、魔物の暴走事件はロイドの紅竜王国にとっても大問題――むしろそれを探るために
ロイドはここにいるくらいなのだから。

ロイドがメモ帳をテーブルの上に置き、ぱらぱらとめくる。

「ボルファヌ大公から売りに出されている魔法薬は、冒険者ギルドにも入っているけど、用途不明の素材が確かにいくつもある。貴族側に売り出した魔法薬を消し込んで、余った素材を組み合わせると……」

ライラがメモ帳をぐーんと覗き込む。

「ある種の興奮剤になるかもでしゅ。本で読んだことがありましゅ」

「フェロモンみたいな作用だね。確かに一部の魔物はそれで仲間を呼び集めたりするけど」

「でも、そういう魔法薬は伝説では？」

シェリーもそういう魔法薬は知っている。

しかし本物と確認されているモノはほとんどないはずだ。

「そうでしゅね、本に書いてあった素材を揃えて調合しても多分ダメでしゅ。色々とアレンジしないとでしゅけど……」

ロイドがそこで眉をひそめた。

「それでも破格の効果だ。S級魔物を百体近くも集め、さらに暴走させるなんて……」

「実在したらとんでもない魔法薬でしゅ。まー……推測でしゅけどね」

「そんな魔法薬があるかもなんて……」

ライラが手元にある古書の表紙をぽんぽんする。

「伝説によると古代にはそーゆー種類の魔法薬も結構あったみたいでしゅ。でも今はレシピしかありましぇんが」

「……対策はあるのかい？」

そこでライラが腕を組み、天井を見つめて考え始める。

「あの砂が残留物で、使っている素材がこれらなら……つまり、うーんと……」

頑張れば再現できるかもだが、効果を確かめるテストでさえ恐ろしい。

ライラは作れないということにしておこうと決めた。

「魔物を呼び集める魔法薬はちょっと作れましぇんけど、打ち消すような魔法薬はできるかもでしゅ」

「それって暴走事件を止められるということですか⁉　凄いじゃないですか！」

「よそーされる素材から効果を推測して、対処するだけでしゅ。でも多分、使われるときにぶつけないと意味ないでしゅよ」

「なるほど……使い方が難しいね、でもなんとかするよ」

ロイドが力強く頷く。

その瞳には決して揺らがない勇気があった。

「ここまでやってもらったんだ。最後の詰めは大人がやらないとね」

「そうですね……！　ライラちゃんに何でも頼るわけにはいきません！」

シェリーも闘志を燃やしていた。

「無理はしないようにね。君が倒れたら大変だ」

「あい、それはぜぇーたいにしないでしゅ」

前世で過労から病死したライラからすると、今回も過労死は馬鹿すぎる。それは避けたい。

「魔力で強化されていても、身体は普通の子どもだからね」

ロイドの瞳がまっすぐライラを見つめている。なぜだか、ライラは魂の奥底まで見られている気がした。

「……何か顔についてましゅか？」

「ううん、君という存在は本当に凄いなと思っただけさ」

◆

バルダークが会合に姿を見せなくなると、ボルファヌ大公派は徐々に切り崩されていった。

さらに毛生え薬が少しずつ世に出てくると、アシュレイを支持する声も増えていく。

わずか数か月でずいぶん政治状況が変わってしまった。

「禿山《はげやま》に森が戻れば、材木業も助かる」

「魔物に荒らされた荒野も復興が早まるだろう」

もちろんアシュレイは慎重に魔法薬を使ってはいたが、他国からも問い合わせが数多くやってきている。

いわく、塩害には使えるのか。本当に緑が戻るなら、これだけの大金をすぐに用意する――などなど。

ライラはそうした声をアシュレイから通して聞いて、魔法薬にして返していく。

実際、ライラの魔法薬製造能力は他の誰をも圧倒していた。

ヴェネト王国全体が好景気に沸くと、門閥貴族も動きを控えざるを得なくなる。

さらに分身薬は、兵の間でアシュレイ支持を決定的に高めることに繋がっていく。

バルダークは分身薬を『戦傷者への福音』として紹介し、自身も服用を続けた。

この効果は絶大であり、いよいよボルファヌ大公派は身動きができなくなっていった。

屋敷の大広間でボルファヌ大公が机を叩く。

「くそっ、退役兵協会も支持を鞍替《くらが》えだと……⁉ これまでの恩を忘れおって！」

これまで治療薬でコントロールしてきた層が離れだし、ボルファヌ大公は焦りを隠せない。

執事が主への恐怖に震えながら報告をする。

「隣国の商人どもも、自然増強薬（毛生え薬の別名）や分身薬がこちらから手に入らないのなら取引を縮小すると通告してきております……」

「ぐっぅぅ……っ！」

ボルファヌ大公も試みたが、彼の技量では毛生え薬も分身薬も作れなかった。

その敗北感がさらに彼を怒らせていた。

「こんな高度な魔法薬をすぐに模倣などできるか！　素人どもめが……！」

悔しさと喪失への恐怖。

このままでは危惧していた通り、全てがアシュレイの思うがままになってしまう。

「させてなるものか、あんな若造に……！」

「し、しかし……手はありますので？」

「……誘魔《ゆうま》の薬を使う」

「っ⁉　も、もうあの魔法薬を使うのはおやめください！」

諫言《かんげん》する執事に向かい、ボルファヌ大公が腕を振る。

「うるさい！　散布場所はこの王都だ！」

「そんな……！　どれほどの犠牲者が出ることか‼」

「ふんっ、知ったことか。アシュレイとそれを支持する愚民どもを片付けてくれるわっ！」

ボルファヌ大公が動こうとしていた頃、ライラはのんびりと魔法薬を調合していた。

「るんるんるーん」

「ご機嫌ですねぇ、主様」

「まほーやくの調合が楽しいでしゅからね」

ここ数日、雪は降っておらずそこそこ快適な日が続いている。

さらに毛生え薬、分身薬。どちらも最終完成ではないけれど、かなりの成果が出ていた。

それが嬉しい……あとは素材集めも。

石化の沼のような一般冒険者立ち入り禁止の区域も、アシュレイたちがいればなんとかなる。

つまり、調合できる魔法薬の種類はまだまだ広がるということだ。

これぞ楽しい王宮生活……!

「にしても外はさむそーですねぇ。陛下は郊外で演習でしたっけ?」

テーブルの上に丸まるモーニャ。ライラはその前脚を意味もなくぷにぷにする。

反対側の腕ではフラスコ瓶をゆらゆらと揺らしていた。

「そーでしゅ。雪が止んでる今日が訓練日和なのだとか……」

「雪はまだ積もってますけどねぇ……さむさむ。暖炉から離れると冷えますぅー」

「うーん、ずーっと温かい湯たんぽみたいなモノができれば……」

カイロみたいな……。このたとえは伝わらないので心の中でだけ呟く。

「それはいいですねっ、主様！　ぜひ作りましょう！」

「アイデアだけでしゅよ。ふつーの発火ポーションだと激しく燃えまちゅ」

「火は出ないでほどよく温かいのは無理ですかぁー……」

「まー、数か月かかるかもでしゅ」

「春になっちゃいますよぉっ」

だらだらと喋るふたり。こんな時間もふたりにとっては愛おしい。

ライラがフラスコを振る手を止める。

「ふー、とりあえず反発薬も一段落したでしゅしね……」

「それが魔物を呼び寄せる魔法薬への対抗薬なんですね」

「そうでしゅ。ばら撒かれるとよそーされるフェロモンと反応すると、嫌われるフェロモンになるはず……でしゅ」

しかしこれには問題もあった。

まず、使うには魔物を呼び寄せる魔法薬の現場でないと意味がない。

どこで次の暴走事件が起きるかわからない以上、量産して備えないと効果はなさそうだ。

「あとはテストが問題でしゅね。本当に効くのかわからんでしゅよ」

「主様って絶対にテストしますもんね」

「当たり前でしゅ！」

「いきなり人に使いますけど……」

「たいじょーぶでしゅ！　ポーションとかは完備してるでしゅ！」

そういう問題ではない気がするけれど、モーニャも慣れたものなのでツッコまない。

「で、次は――」

と、ライラが言いかけたその時。

大気中の魔力がわずかに揺れた気がした。

「……？」

「南から魔力の波動が来たような……。主様も感じました？」

「ほーこーはわからなかったでしゅが、そうみたいでしゅね」

これだけの波動はめったにあるものではない。悪寒が背筋を這《は》い上がる。

工房の外からどたどたと足音。ライラのいるこの区画は選ばれた人間以外は立ち入り禁止で、こんなに騒々しくなることはない。

「何か緊急事態みたいでしゅね」

「ライラちゃん！」

工房の扉をノックなしに入ってきたのはシェリーだった。額には汗を浮かべ、いつもは整っている髪が乱れている。

「今の魔力の波動、感知しましたか⁉」

「あい。何があったんでしゅか？」

「魔物が……王都郊外に魔物の群れが現れました！」

モーニャが尻尾を逆立てる。

「なっ！　この近くにですか⁉」

「郊外って演習中のよーな……とーさまは？」

「すでに陛下はロイドさんと一緒に展開しています！」

ライラが頬をぱんとはたいた。

「わかりまひた！　あたちも出撃でしゅ！」

「はい……！　ありがとうございます！」

「五分、いや三分で魔法薬をまとめて出るでしゅよ！」


その頃、王都郊外。演習中だったアシュレイはすでに演習を中止し、兵を再編成していた。

この演習は対魔物を想定しているため、冒険者も同行している。

浅く雪が積もる草原に天幕が並び、一番大きな天幕に首脳部が控えていた。

その場には冒険者代表としてロイドもいる。アシュレイがロイドへ呟いた。

「……まさか演習中に起こるとはな」

「狙われたね」

アシュレイはテレポート魔術を使えるため、居場所を捕捉するのは困難だ。

王宮には結界もある。狙うならこうした機会しかない。それを的確に突かれていた。

伝令官が天幕に駆け込む。

「南方より三つの大群、集結しつつあります！」

「ふむ……」

「進路は変わらず北上！　一目散に王都へ向かっております！」

天幕に緊張が走る。状況は緊迫していた。しかしアシュレイは冷静さを崩さない。

「魔物の種類は？」

「一番多数はレッドバッファローですが、亜種も相当数いるものと……。他にバッファローの踏み荒らした獲物狙いで、バルチャー類も確認できております」

「やはり獣系か……」

アシュレイとロイドが視線を交わす。証拠はないが、このタイミングでの魔物の暴走事件は疑わざるを得ない。

机上に示された予測進路と到達時間。手元にいるのは兵と冒険者が合わせて二千人……だが、シニエスタンに比べると圧倒的に時間が足りない。

（あの時は住人の避難もできたし、魔物を倒す追い込み場所も用意できたが……）

レッドバッファローはＢ級の魔物で、単体ならアシュレイやロイドの敵ではない。しかし群れとなると話は別だ。他の群れとの合流を繰り返すことで、指数関数的に危険度が高くなる。

「強引に兵を投じることはできるが……」

しかし犠牲は出る。それを可能な限り抑えなくてはいけないし、ボルファヌ大公も追いかけなくては――。

そんな数々の思考はさらなる伝令官によって中断された。

「ライラ様、ご到着！」

「来たか」

胸を張りながら、もこもこ服のライラとその胸に入ったモーニャがやってくる。

魔法薬がたくさん詰め込まれたバックパックもセットだった。

「あい！　状況はどうでしゅか！」

頭の中で整理したことをアシュレイはかいつまんで説明する。

「作戦はあるんでしゅか？」

「今、早急に考えているところだ……」

アシュレイが他の参謀や伝令官に命じる。

「少し外してくれ」

「ははっ！」

天幕に残されたのはアシュレイ、ロイド、ライラだ。アシュレイがゆっくりとロイドとライラを見渡した。

「……実はもう作戦を立てている」

「じゃあ、それをすればいいじゃないでしゅか！」

「皆を外したということは、問題があるんだね？」

「まぁ、な……。今回で決着をつけるなら、こうするしかないという作戦はある」

父がこんなに悩んでいるということは、作戦自体もちょっと突飛なのかもしれないとライラは思った。

だが、アシュレイを信じられるくらいの絆《きずな》はあるつもりだ。

「……やりましゅ！」

「主様、何も聞かなくてもいいんですか？」

モーニャの頭をぽんぽん撫でる。

「そこは信頼ってやつでしゅ。ね、とーさま！」


アシュレイの作戦を踏まえ、ライラたちが展開することになった。

巨大な角と三メートルを超える巨体。まさに怒れる闘牛だ。

真っ赤なレッドバッファローが雪原を蹴飛ばし、粉雪を巻き上げながら走る。

集団で興奮状態になったレッドバッファローを止められるものはない。

群れの先にある木は押し倒され、岩は砕かれる。

三つの大群は徐々にひとつになろうとしているようだ。

その数はざっと千体以上。全速力で北上して王都に向かっていた。

魔物の群れる上空をライラとモーニャは飛んでいる——竜の姿になったロイドの背に乗って。

「おおおーっ！　飛んでますぅ！」

「凄いでしゅね、これは」

ロイドはかなり遅めに飛行していた。ライラが背に掴まりながら、じっくりと下の状況を見定める。

「これならちゃんと狙えましゅ」

ロイドが軽く頷く。この形態だと声を出しづらいと言っていた。

でも意思疎通はちゃんとできる。

『作戦は単純だ』

アシュレイの言葉を思い返す。

『地上は俺とヴェネト軍と冒険者で阻止する。ライラ、モーニャ、ロイドは滞空して攻撃』

『思い切りましたでしゅね』

『もはや群れを追い込むのは間に合わない。これが最善手だ』

『攻撃って言うけど、具体的にはどーするんでしゅ？』

『任せる』

『……はいでしゅ？』

『吟味している時間もない。広範囲の毒は使ってほしくないが、いざという時は許可する』

『…………』

アシュレイは強い。いざという時は腹を括れる側の人間だ。

『魔物に対してどうすればいいか、お前はよくわかっている。だから任せる』

『……分かりましたでしゅ』

逃げるという選択肢はない。それでは王都が被害を受ける。

もちろんライラも逃げたくはなかった。

『さて、俺も最前線だ。また会おう』

ぎゅっと目をつぶったライラがロイドへ声をかける。

「レッドバッファローは迂闊《うかつ》に攻撃すると怒るでしゅ。まずは後ろに、でしゅ！」

レッドバッファローに対処する際は、群れの後方からが鉄則だ。

先頭を先に攻撃してしまうと、手が付けられないほど凶暴化しかねない。

ロイドがぐるりと旋回し、群れの後方に向かう。

「なんか……続々と後ろに来てません？」

レッドバッファローの赤い巨体が紙に垂らしたインクのように。

群れの後方へレッドバッファローがどんどんと合流している。

やはり群れは集合しようとしているようだ。このままでは群れの数と勢いは増すばかり。どこかで群れを分断できればアシュレイの負担も減る。

「まずは後ろからでしゅ」

焦ってはいけない。自分の知る最善手を打つ。それがもっとも効果的だ。

さきほどの地図には気になる地点があった。そこに行けば……。

「ありまひた！」

群れの最後尾までいくと、広範囲の林と茂みが見えた。針葉樹の林は葉がまばらだけれど、枯れてはいない。

この林の奥からレッドバッファローが次々に群れへと合流してくる。

「ここでしゅ！　ロイドしゃん、しばらく旋回してくだしゃい！」

ぐっとロイドが高度を下げて林のすぐ上に向かう。竜の身体が樹木の先端に触れそうだった。

「モーニャ、毛生え薬をまくでしゅよ！」

「は、はいさー！」

バックパックから毛生え薬を取り出し、ふたりで空中から林にばら撒いていく。

すると樹木からメキメキと音が鳴り――枝と葉が物凄い勢いで伸び始めた。

「ロイドしゃん、当たらないよう高度を！」

呼びかけるまでもなく、ロイドは空に向かっていた。

雪を被った針葉樹が夏の活力を取り戻す。地面の茂みも苔《こけ》も同様だ。

眠っていた自然が毛生え薬で目覚め、急速に繁茂《はんも》する。

「グモォー‼」

「グモ、グモー‼」

レッドバッファローは突然の緑化に驚き、混乱する……。脚をとられて転ぶもの、角がつっかえるもの――暴れる自然が邪魔で走るのに支障をきたしていた。

さらにレッドバッファローの毛が少し伸び、赤い毛が植物に絡まる。

アシュレイの時のように移動もできなくなるほど……の長さにはならなかったが。

「あらま、レッドバッファローの毛はそこまで長くならないですね」

「でしゅね。元々が人間用だから仕方ないでしゅ」

レッドバッファローにちょっとだけでも効くだけ御の字だ。

しかし針葉樹や苔も伸び、上手く足止めになっている。この様子ならしばらくは後ろの勢いが止まるだろう。

林の外を見てもレッドバッファローの群れは途切れていた。分断は成功だ。

群れ全体の勢いを殺すことができた。

ロイドの声が空に響く。

「うまく、後続を断ったね」

「でしゅ！　とーさまは大丈夫でしゅかね。ロイドしゃん、全速力で先頭へ！」

「わかった。捕まってて」

一気に加速したロイドが群れの先頭を目指す。

北に行くにつれて魔力の波動が大気を揺らすのがわかる。大気がピリッとするのだ。

これはシニエスタンでの戦闘の時と同じであった。

「やってましゅね……！」

地平線の先に、茶色の線が引かれている。盛り上がった土壁だ。

高さは四メートルほどだろうか。一直線に群れの進路を防ぐよう、分厚い壁ができていた。

分厚い壁の上には兵士が隙間なく控えている。さらには土の櫓《やぐら》までできていた。

あんな壁はさっきまでなかったので、アシュレイ率いる軍の魔術によるものだろう。

即席の長城といったところか。

レッドバッファローの先頭はすでに壁際に到達し、角で壁を突破しようとしている。

「あれ、群れの中にも壁ができているような？」

「前方だけじゃダメでしゅからね、何層も壁を作るつもりでしゅ」

群れの分断を狙った壁は、荒れ狂うバッファローによって、できては壊されを繰り返している。今のところ奏功していないようだ。

群れの先頭は構わず兵のいる壁へ突撃をしかけていた。

「どうする、ライラ」

「手持ちの魔法薬だと足りないでしゅね……」

攻撃用魔法薬の瓶は四十本。仮に一本で五体の魔物をふっ飛ばしたとしても、二百体だ。

もちろん戦果としては大きいが、魔物の群れはもう千体を遥かに超える。

「どーしましょ、どーしましょう！」

慌てるモーニャに対してライラは冷静だった。

「毒を使うしかないでしゅね」

「こんな平たい場所でですか⁉　味方も巻き込んじゃいますよ！」

「わかってましゅ。空気散布は使えましぇん」

シニエスタンの時は人工的にくり抜かれた峡谷に追い詰め、完全に封じ込めることができた。

しかしここではもうそれは不可能だ。さらに今日は風も強い。

「ロイドしゃんも聞いてたと思いましゅけど、シニエスタンで使った毒は水にも溶けましゅ」

「……そうだね。でも水源は遠いよ」

「あい、でも……この軍なら雨を降らせる魔術もできるでしゅ。雨雲に毒を仕込めば……」

「な、なるほど！　毒の雨を降らせるんですね！　えげつなーい！」

「狙いは群れの中央部でしゅ。これなら何百体も行動不能にできましゅ」

少ししてロイドが巨大な首を動かし、翼をひらめかせた。

「君の戦術に従うよ。陛下は中央で戦ってる」

「案内してくだしゃい！」

ロイドがぐっと下降する。ライラからは全然見えなかったが、ロイドからはアシュレイの位置がよくわかっていたらしい。

さすがは竜の視力だ。

まもなく、ライラにもアシュレイの銀髪が戦列の中でわずかに見えた。

「とーさま！　飛んできてくだしゃい！」

ライラが叫ぶとアシュレイが反応する。

「……!?　わかった！」

戦闘の中にいてもライラの声は判別できたようだ。すぐにアシュレイが飛行魔術の印を結び、空へと飛び上がる。

アシュレイはすでに額に汗を流していた。

「いい作戦を思いついたのか？」

「あい、魔術の雨に麻痺毒をまいて、群れへ降らせましゅ」

ライラの構想にアシュレイが一瞬、思案する。

「……あの毒は水溶性だったか。それならば可能性はあるな」

「だから全体に呼びかけて雨を――」

「それは無理だ」

「はえ?」

にべもなくアシュレイが首を振る。

「降雨の魔術は高度で、戦闘中に使えるようなものではない。できるのは——俺ぐらいだろう」

降雨の魔術も本で読んだことがあるだけなので、実際がどうだかライラも知らなかった。

「大丈夫なんでしゅか?」

「魔力を全開放する。可能な限りの雨を降らせるよう努力しよう」

アシュレイが兵に向かって呼びかける。

「ライラの作戦に従う! 各自、雨が降るまで防御優先! 雨が降って群れに変化があったら全力で反転攻勢だ!」

「「イエッサー‼」」

さすがにアシュレイ直下の精鋭軍だけあって、短い命令にも混乱することはない。兵全体が攻撃を控え、盾や壁の魔術を優先しているのが見える。

「やるぞ」

「あい……‼」

群れの中央にライラたちが飛ぶ。眼下は怒れるレッドバッファローで埋め尽くされていた。

どこが群れの中央なのか……ということだが、竜であるロイドの視力は的確に中心を探り当てていた。

数分後、見渡す限りのレッドバッファローの中でロイドが首を巡らす。

「ここが中心部だ」

「よし……背に乗るぞ」

空を飛んでいたアシュレイがホバリングするロイドの背に着地し、魔力を手に集める。

同時にアシュレイの静かなる詠唱が始まった。

「遥か遠き雲の精霊、天にあまねく大いなる恵みの業よ――」

手に集められた魔力が強烈な青色を発する。

それは純粋な水のようで。

「渇く者に無上の慈悲を。乾く大地に至上の慈愛を――」

雲ひとつない晴天に魔力の波動が伸びていく。ピリピリとした凄まじい魔力を背に感じながら、ライラはバックパックから瓶を取り出していた。

「我は請い、願う。いざ太陽を覆い、涙よ形となれ」

青の魔力がライラたちのいる高さに広がり続ける。

それは水面の波紋のようで。

輪のように連なるアシュレイの魔力に大気が反応し、湿っぽくなる。

「粒よ、降れ」

アシュレイの魔力がぱぁっと空へ弾けた。同時にあるはずのない雲が形成される。

雲ができて雨が降りそうになっても、アシュレイは詠唱の態勢を解かない。

恐ろしいほどの魔力が、アシュレイの身体から空へと拡散し続けている。

異常な量の魔力放出に、不安になったモーニャがライラに確認してきた。

「もしかして、ずっとこのままなんです？」

「雨を降らせてる限りは、多分そうでしゅね。モーニャ、手早くやらないとダメでしゅよ！」

「ア、アイアイサー‼」

雲がより濃く、黒くなってくる。

雪原のレッドバッファローの何体が上空に目を向けるが——邪魔されることはない。

ロイドが空に角を向ける。

「くるよ」

ロイドの言葉とともに。黒雲から水滴がぽつりと落ちた。

雨が降り始めてくる。ロイドが高度を上げ、雲へと突っ込む。

「いきましゅよ、モーニャ！」

「はーい！」

ライラが両手に純緑の瓶を構える。

麻痺毒の瓶は二本。それらを受け取ったモーニャが空へと舞い上がった。

雨は降り続け、勢いが増していく。

雨粒が段々大きくなり、小雨から豪雨へと変わる。

「いっきますよー‼」

モーニャが上空で小瓶をすいすいっと放り投げ、爪を振るう。

ぱりんっ！

二本の瓶が割れ、緑の雲が広がった。

任務をこなしたモーニャがロイドの背にさっと戻ってくる。

「任務かんりょーですぅ！」

「ロイドしゃん！　離れてくだしゃい！」

ロイドが翼をはためかせ、毒から急速離脱した。

緑色の雲が黒天に溶け込み、雨へと移る。

麻痺毒が水に溶け込むのが魔力の具合からもわかった。

「成功でしゅ！」

自然にはありえない緑の雨が広がり、レッドバッファローを打つ。

雨は魔物の体皮を透過し、その内部を麻痺させていく。

もちろんレッドバッファローに緑の雨が毒だということはわからない。

脚に力が入らなくなり地面に崩れ、怒りも霧散するという事実だけが残る。

「グ、グモ……!?」

「グモォォ……!」

上手く麻痺毒が群れへと浸透していく。

群れの勢いが雨に降られた部分から削がれていった。

「やりました!　効果出てますぅ!」

「……よかったでしゅね」

しかし豪雨が広範囲で続かないと麻痺毒も機能しない。

アシュレイはまだロイドの背で精神を集中させ、魔力を放ち続けている。

(こんなに魔力を……だいじょーぶでしゅ?)

雨はさらに強く、毒を孕《はら》んで降り続ける。

レッドバッファローの群れの足元が濡れ、緑色の水が雪原を染めていく。

魔物の勢いが中央で鈍ると、視覚のよく効くロイドが言った。

「ヴェネトの兵が反撃を始めたね」

ライラがアシュレイから壁に目を移すと、ヴェネト軍の攻勢がよく見えた。

一斉に火炎や竜巻の魔術が放たれ、群れの先頭を攻めている。

「あたちもやるでしゅ……!　群れの前をぐっーと横一直線に横切ってくだしゃい!」

ライラとモーニャが爆裂薬を構える。ロイドがライラの指示通り飛ぶ、その瞬間。

「えーい！」

「ほいほーい！」

ふたりはどんどん爆裂薬を下へと投げていく。

狙いは壁に近いレッドバッファローだ。

ぽんぽんぽんと爆裂薬が落下し、派手に爆裂する。

「グモーー⁉」

高速で空を飛ぶロイドからの魔法薬攻撃は、さながら爆撃のようであった。

赤き爆発がロイドの飛んだ跡に連続して巻き起こり、レッドバッファローを吹き飛ばす。

「僕も……！」

飛ぶことに専念していたロイドも大口を開け、猛火を群れへと叩きつける。

ドラゴンっぽい攻撃にモーニャが驚く。

「そんなのできたんですかっ⁉」

「……さすがにそんなには吹けないよ」

ロイドのブレス攻撃に合わせて、ふたりはどんどん魔法薬を投下していく。

「くっ……」

雨はまだ群れの中央で降っている。視界の奥でレッドバッファローが倒れ、緑の毒が広範囲にまで広がっているのが見えた。

「とりあえず！　魔物の固まっているところに投げるでしゅよ！」

「はーい！」

数々の爆風と爆発。

ライラの手持ちの魔法薬が尽きてきた一時間後、群れの勢いは見る影もなく弱まった。

雪原には大量のレッドバッファローの死体と数え切れないほどのクレーター。そしてヴェネト軍の作った何重もの壁が構築されている。

群れは壁を突破しようとするが、次の壁に阻まれて進めない。

さらには北から冒険者の一団もやってきていた。

「ここからは俺たちに任せろぉ！」

「王都は俺たちの街だー！」

どうやら知らせを受けた義勇兵も交じっているらしい。

魔物も減って、援軍を得て。明らかに兵の士気が上がっていた。

ヴェネト軍のほうが遥かに優勢だ。

その様子は空からでもしっかり見える。

「危機は脱したようだね」

「ふぃー……なんとかでしゅ」

回復薬の類もほとんど地上へ回し、ライラのバックパックはほぼ空になっていた。

こんなにバックパックが軽くなるのは初めてだ。

でもやりきった。

問題は――。

「だいじょーぶでしゅか」

「……ああ」

すでに雨は止んで、黒雲が風に散らされようとしている。

アシュレイの魔術も終わり、彼自身はぐったりとロイドの背で息を整えていた。

顔は青白く、手先が震えている。魔力が急激に失われた時に起こるショック症状だった。

「無茶しちゃダメでしゅよ！」

「エリクサーの類を持っているんだろう？」

「もちろんありましゅけど、魔力の補充には限界がありましゅ！　効くまでに死んじゃったら意味ないでしゅ！」

「ふっ、そうだな……」

アシュレイが生気のない顔で頷く。こんなアシュレイをライラは見たことがなかった。

「お前がいるから、無茶をしても大丈夫だと思った」

「……もう！　とーさまったら！」

ライラもなぜこんなに言うのか、自分でもわからない。

でもアシュレイが苦しんでいるのを見るのが怖いのだ。

ただ、それだけだった。

「お前もそんな顔をするんだな……」

アシュレイが目を閉じる。アシュレイの魔力が消えかけるほど小さくなっていた。

「主様、これって！」

「ちょっと！　とーさま!?」

ライラがアシュレイの背を揺する。

そのまま、アシュレイはがっくりと倒れ伏してしまった。


夕日が王都を染める頃。

魔物の襲来に怯《おび》える王都の中で、ボルファヌ大公だけは違っていた。

彼は野心にぎらつく眼を武装した配下に向ける。

ボルファヌ大公が集めるだけ集めた手勢が庭に集結、総勢は数百名にもなった。

名目は魔物の襲来に備えるため。しかし、ボルファヌには異なる思惑があった。

「あの若造のことだ。魔物の襲撃は退けるだろう……。しかし消耗しきるはずだ」

アシュレイさえ消してしまえば、他はどうとでもなる。

否、どうにかしなくてはならない。

これ以上座していては、ますます勢力に差が開いてしまう。

（そんな事実は認められん……！）

アシュレイの軍が大打撃を受けていれば、ボルファヌ大公はこの兵でもってクーデターを実行するつもりであった。

もちろんアシュレイの軍が無事なら、また別の機会を待つしかないが。

だが、何度も魔物の襲来を王都周辺で起こせば勝機はある――ボルファヌ大公はそう頭の中で算段を立てていた。

「そのためにもあの若造の軍がどうなったか、押さえねばな……」

そこにボルファヌ大公のスパイが息を切らせて飛び込んできた。

「申し上げます、大公様！」

「おお、あやつはどうなった？」

「魔物の襲撃に対し、アシュレイ陛下は孤軍での戦闘を開始！　戦闘自体は勝利され、軍も健在のようですが――陛下は大怪我をされ、瀕死《ひんし》とのこと！」

「なんだと!?　それは本当か！」

「は、はい！　近衛軍は勝利したものの、祝う者はおりません……」

ボルファヌ大公は野蛮に歯を剥き出した。

「……やはり青臭い奴よ。どうせ兵を見捨てられず前線に立ち、傷を負ったのだろうな」

やはりアシュレイは王の器などではなかったのだ。ボルファヌ大公はひとりごちる。

我ならば王都を危険に晒《さら》してでも生き残る。最後に生きていた者が勝者なのだから。

「よし、我自ら出るぞ！　ヴェネト王国の実権を我が手に取り戻すのだ‼」

ボルファヌ大公は馬へ騎乗し、完全武装の兵を引き連れて大通りへと向かう。

いつもは喧騒《けんそう》溢れる市内も死んだように静まり返っている。

アシュレイの悲報とともに活力を失ったようだ。

ボルファヌ大公は意気揚々と王宮に向かう。アシュレイが動けない今、王宮を押さえれば門閥貴族も自分を支持するに違いない。

大通りを威圧しながらボルファヌ大公は進む。

ここまでは順調だった。

「……あれは」

大通りを塞ぐように数十人の騎士がいる。

その先頭に立つ男に目をこらし——ボルファヌ大公は笑った。

「バルダーク！　来たのか‼」

それはバルダーク侯爵の一隊であった。

全員がボルファヌ大公も見覚えがある名うての騎士や魔術師だ。

なんという遭遇。このタイミングで合流できるとは。幸先が良い。

「……閣下、テレポートや飛行などで集められるだけの戦闘員を集めてまいりました」

「ほっほう！　ご苦労だった！　よし、我が後ろに加われい！」

バルダークが加われば日和見主義者も腹を決めるだろう。

ボルファヌ大公が自分の後ろを顎差す。だがバルダークは微塵《みじん》も動かなかった。

バルダークの隊が動かないとボルファヌ大公の軍は進めない。ボルファヌ大公が眉を寄せる。

「いえ、私はこのまま陛下の元に馳《は》せ参じるつもりでしたが……閣下はなぜ、このような軍を連れて王宮への道を進まれるのです？」

「聞いていないのか、あの若造が瀕死なのだぞ。王宮を空けるわけにはいかんだろうが！」

ボルファヌ大公が叫ぶとバルダークが負けじと叫び返す。

「真に王国を想えば、門外にて魔物を防ぐよう陣を張られるはず！　陛下が危急の折、このように王宮に乗り込むのは大逆の誹《そし》りを免れませんぞ！」

バルダークがボルファヌ大公の軍を睨みつける。さらに彼の兵も一歩も引かない構えだった。

ボルファヌ大公が歯をぐぐっと噛む。

「貴様……！　我が行軍を邪魔立てするか！　どけい！」

「閣下！　王都の外で魔物と戦われるというのであれば、このバルダーク！　喜んで先陣を切り、大群の中で死にましょう！」

そこでバルダークが剣を抜き放ち、両手で構える。すでに彼は分身薬を飲んでいた。

「しかしながらこのまま進むと仰せであれば、命を賭してお止めせねばなりません！」

「……その右腕、貴様もアシュレイに鞍替えしおったか」

「これが最後です、閣下！　どうか！」

ボルファヌ大公が右腕を上げる。彼の近衛が前に出て、戦闘態勢を取った。

「国家存亡の危機に、貴様と問答している時間はない！　構わん、敵はたったの数十人だ！　踏み潰せい！」

「我が兵よ！　閣下はご乱心だ！　お止めせよ！」

互いの兵が抜刀し、前進する。

こうしてボルファヌ大公とバルダーク侯爵の兵はお互いに切り結ぶことになった。

激しい剣戟《けんげき》が巻き起こり、通りに魔術が飛び交う。

通りに面した家が破壊され、市民は逃げ惑った。

「ヴェネトの騎士よ！　一歩も引くな！」

ボルファヌ大公のほうが兵は多いが、練度と士気はバルダーク隊が上回っている。

十倍の敵を前にしてもバルダークは引かず、隊が崩れる様子もなかった。

「くそっ！　こんなところで足止めされるとは……」

ボルファヌ大公は前線から下がり、歯噛みする。時間をかければバルダークの隊をすり潰し、王宮には迫れる。

しかしそれまでに兵を失いすぎ、時間をかけすぎれば不確定要素が増す。王宮を押さえるには速度がもっとも重要だった。

こんなところで時間は浪費できない。

「……馬鹿な男め」

ボルファヌ大公は呟くと懐から魔法薬の瓶を取り出す。

真紅の液体が満たされたその瓶は、激しく泡立ちながら凶々しい魔力を放っていた。

「新作の誘魔の薬——切り札を用意して正解だったな。これがあれば……！」

王都を多少破壊することになるが、バルダークの処理のほうが優先だ。

アシュレイがいなければ、追及はどうとでもなる。

ここまで来てしまったら、やるしかない。ボルファヌ大公が邪悪な笑みを浮かべる。

「ふん、魔物と戦いたいと抜かすなら、戦うがいい……！」

ボルファヌ大公が誘魔の薬を握りしめ、バルダーク隊の上空へと放り投げた。

「ふふふっ！」

上空に放たれた瓶へ、ボルファヌ大公が魔弾を放つ。

激闘の最中、ボルファヌ大公の行動に気付く者はいなかった。

瓶が割れると同時に、真紅の液体が落下する。

「なんだ、これは……!?」

真紅の液体が即座に煙となり、バルダークの隊を包む。

煙はすぐに消えたものの、煮詰めた砂糖のように甘い匂いが立ち込めた。

この誘魔の薬はこれまでの獣系を呼び集めるタイプとは違う。

昆虫系の魔物を呼び寄せる新作だった。

どんな魔物が来るかは未知数だが、昆虫系は空を飛ぶものも地中を掘り進むものも多い。

即座にこの場へ魔物がやってくるだろう。

大公の予測はすぐに当たった。

「……なんだ!?」

戦闘中の兵士がざわめき、手を止める。

王都の大通りがわずかに揺れていた。

崩れかけた家がさらに壊れ、重苦しい地鳴りが地下より響く。

同時に地面が隆起する場所もあった。普通の地震ではない。

何かが地中を叩き、集まってくるような……。

「これは……」

ボルファヌ大公はにやりと笑い、兵に号令する。

「我が兵よ、後ろに下がれい！」

ボルファヌ大公の兵は戦闘を中断し、後方に集結する。息を切らせるバルダーク隊は不自然な揺れに戸惑うばかりだった。

ただ、その中で魔物戦の達人であるバルダークだけはこの揺れに覚えがあった。

「まさか、このタイミングで……」

彼方に視線を向けると、遠くの家や王宮は全く揺れていない。つまりこの大通り周辺だけ、謎の揺れに襲われているのだ。

「はははっ！　バルダーク！　お前さえいなければ、ヴェネト王国は俺のものだ！」

「――それはどうかな？」

「なにっ!?　……空か！」

聞き覚えのある声にボルファヌ大公が空を向く。そこには赤き竜のロイドに乗ったアシュレイ、ライラ、モーニャがいた。

低空飛行するロイドがボルファヌ大公の前に着地する。

「おい、あれは……」

「陛下じゃないか……」

アシュレイが瀕死と聞かされていたボルファヌ大公の兵が動揺する。

「陛下、ご無事で……」

駆け寄るバルダークをアシュレイが手で制する。

「ああ、しかしそれよりも大義だった。貴卿の忠節、永久に忘れぬ」

◆

ボルファヌ大公が王宮へ進撃するより、少し前のこと。

ロイドの背で倒れたアシュレイ。

だが、それはアシュレイの最後の策だった。

ボルファヌ派の伝令に誤情報を伝えるための演技だったのだ。

「……悪かったな」

ボルファヌ派の伝令を走らせた後、アシュレイは意識を取り戻していた。

もっとも体調的には万全にはほど遠いが。

目に涙を浮かべるライラとモーニャがアシュレイを責める。

「もう！　そーいうのは先に言ってくだしゃい！」

「そーですよぉ！　びっくりしたんですから！」

「すまん……。しかし君らは演技が上手くないからな」

「うっ……」

要はライラが知っているとボロが出るかも……ということか。

核心を突かれてライラが咳払いする。それを言われるとぐうの音も出ない。

「ま、まぁ……そうかもでしゅね？」

「……主様、今納得しましたよね」

「敵を騙すには味方からってやつでしゅよね。知ってましゅよ！」

アシュレイが血の気が引いた手でライラの目元を拭う。

涙の粒がアシュレイの指で払われた。

「お前なら理解してくれると思った」

「とーぜんでしゅ……！」

気を取り直したライラがアシュレイを見つめる。

単に誤情報を流すためにここまでやるとは思えない。

手の込んだことをやる以上は、アシュレイも色々と覚悟を決めたのだ。

「ボルファヌ大公が……黒幕なんでしゅね？」

「ああ、そして恐らくはこれで奴も動くだろう……」

アシュレイには確信があるようだった。

モーニャが不安そうな顔でアシュレイを窺う。

「そんなに都合よくいくんですかね？」

「奴との付き合いは長い。大きな手を打たなければ手詰まりだとわかっているはずだ」

その辺りの謀略戦はライラにはわからない。

ただ、アシュレイがやると決めたならついていくだけだ。

しかし、その前にライラはアシュレイへ聞きたいことがあった。

「かーさまの件も、ボルファヌ大公のせいなんでしゅか？」

「魔物を呼び集める禁断の魔法薬……それを作ったのが、奴ならば」

アシュレイの瞳に憎悪の炎がちらつく。

それはきっとアシュレイの根底にあるものなのだろう。

事実であれば、ボルファヌ大公は相応の裁きを受けるべきだ。

だが、そのために見境なくアシュレイに——父に行動してほしいとは思わなかった。

アシュレイの想いはわかるが、優先すべきものがあるはずだ。

それを端的にライラは言葉にして父へ伝える。

「とーさまは王様でしゅからね」

「……はっきりと言うんだな」

アシュレイが目を閉じて思いにふける。

「かーさまだって、きっと同じでしゅ」

父よりもサーシャを知っているわけではない。でも、母ならばきっと。

アシュレイがゆっくりとまぶたを開いた。

アシュレイの瞳からは憎悪の色が消え、統治者の意思が表れていた。

「そうだな……王様らしい振る舞いをすると誓う」

「あい！　じゃあ、行きましゅでしゅよ！」

こうして一行は王都へ向かったのだ。

◆

王都に姿を現したアシュレイたちにバルダークの心が弾む。

だが、これまでアシュレイと接してきたバルダークは彼の異変を感じ取っていた。

「……もったいなき御言葉。ですが……」

いつもならアシュレイの内には圧倒的な魔力の胎動があるはず——それがほとんど消え失せているのだ。顔色も明らかに良くない。

赤き竜にしても……魔力はほとんどないようにバルダークには思われた。かなりの疲弊をしているのではなかろうか。

その感触はボルファヌ大公も同じであった。

「ふん、竜に乗ってのご登場とは相変わらず派手で気に食わん奴。だが、そのざまはどうした……？　いつもなら空から大魔術を撃ち込んでくるのが貴様ではないのか」

「叔父殿こそ、いつもはこそこそしているのに兵を率いてどうされたのです？　俺が死にかけているとの報で、気を強くされましたか」

アシュレイの言葉にボルファヌ大公が顔を赤く染める。

彼とて正面から万全な状態のアシュレイと戦うことはできない。図星であった。

ボルファヌ大公派の兵もアシュレイの健在ぶりにどよめく。

「なぁ、陛下と戦うなんて聞いてないぞ！」

「大公閣下、本当にこの戦いは――」

自軍の動揺をボルファヌ大公は必死に抑えようとする。

「ええい！　あの死に損ないがそんなに恐ろしいか⁉」

そこへさらに追い打ちをかけるようにアシュレイが高らかに宣言した。

死に損ないなのは確かだが、言葉だけはまだ回る。

ボルファヌ大公が前にでてきた今が、舌戦の好機なのだ。

「諸君、今も続く魔物の出現は知っているだろう！　その黒幕はボルファヌ大公だ！」

「世迷言を！　言い掛かりも甚だしい！」

「本当にそうか⁉　ボルファヌ大公派の領地で魔物の大出現があったか⁉」

ボルファヌ大公は必死に否定する。だが、兵のどよめきはさらに大きくなっていった。

「確かに……言われてみれば……」

「でも閣下がそんなことを……」

無理もない。ボルファヌ大公派の兵も出自は様々だ。

さらに重ねて挑発混じりにアシュレイは言葉を放つ。

「叔父殿、我々はやっと証拠を掴んだのですよ。裁きの場に立つつもりはありますか？」

「なんだと……⁉　その証拠はどこにある！」

アシュレイの言葉はハッタリを含んでいた。

確かな、裁判に勝てるような証拠はない。しかしアシュレイには確信があった。

「無実と言うなら、身体検査くらいはさせてくれるのでしょうね？」

「な、なんだと……」

「今、この場に切り札を持ってこない叔父殿ではない……違いますか？」

「ぐっ、ぬぅぅ……！」

ボルファヌ大公が言葉に詰まる。今、身柄を拘束されてはマズい。

アシュレイの指摘通り、誘魔の薬が入った瓶が二本、ボルファヌ大公の手元にあるのだ。

さっさと使っていればよかったが、慎重なのが裏目に出てしまった。

「まさか、さっきのが――」

真紅の煙を両陣営の兵が思い出す。

あの時は戦闘中であったが、よくよく考えると奇妙な出来事だ。

地面が揺れる。地の底で何かが動いていた。

誘魔の薬が作用しているのだが、あまりにもタイミングがよすぎた。

大公派の兵の半分が、異様さを感じて後ろに下がる。

「…………」

「さぁ、身の潔白を証明する絶好の機会でしょう、叔父殿‼」

アシュレイの言葉に兵の大半が心動かされる。

そんな中、ゆっくりとボルファヌ大公が笑い始めた。

それは憤怒《ふんど》と絶望を含んだ笑いであった。

「くく……若造め。やはり貴様が、貴様だけが邪魔だった！　だが、それも終わりだ！　この揺れがわからんか！」

ボルファヌ大公の叫びに、バルダークがアシュレイへ進言する。

「そうです、陛下――お下がりを！　この揺れは……‼」

バルダークが言い終わる前に大通りががくんと跳ねる。

土の底から何かが地上へと出ようとしていた。

「な、なにか来ますぅー！」

「デカいでしゅね……！」

今や地下から巨大な魔力の塊が迫っているのが感じ取れた。

ドン、という音とともに大通りのそばの家が完全に崩れ、穴が開く。

その穴から黒の鎧をまとった巨大なワームが現れた。

黒光りする身体をしならせ、全長八メートル以上の巨体が穴から突き出る。

「シァアアア……！」

それは牙を備えたS級の魔物、アビスワームであった。

地中に潜み、飛び出しては獲物を狙う魔物だ。

黒い外骨格はミスリルと同等に硬く、魔力を反射してしまう。攻撃こそ単純な踏み潰しと噛みつきだけだが、極めて強力な魔物であった。

さらに地中からもう一体、アビスワームが飛び出す。アビスワームは誘魔の薬を浴びたバルダークの隊に狙いを定めていた。

これらの魔物がバルダークを攻めれば勝利は疑いない。

「ははは！　どうだ、貴様らにこいつらと我を相手にする余力があるか！」

そこに割って入ったのがライラだった。

「そうはいかないでしゅよ！」

「誰だ、貴様は！」

「あたちはライラ＝ヴェネトでしゅ！　この国のおーじょでしゅよ！」

「なんだと……？　その髪色、魔力……」

ボルファヌ大公も魔術師である。ライラがただの子どもではないのはすぐわかった。

「貴様……若造の娘か！」

「ふん、もう観念するといいでしゅよ！」

「ほざくな！　貴様のような子どもに、いまさら何ができる⁉」

言い放つボルファヌ大公に向かい、ライラが瓶を掲げる。

まばゆい銀光を放つ魔法薬だ。

その輝きを見たボルファヌ大公が驚愕する。

「あ、あれはまさか……そんな、あるはずがない！」

ボルファヌ大公も誘魔の薬の弱点は知っていた。

それは打ち消す魔法薬が作れること。だが、こんな短期間では不可能なはずだった。

「観念するといいでしゅ！」

銀光の瓶が強烈な光を放つ。

これこそ誘魔の効果を打ち消すべく、ライラが開発した魔法薬であった。

「いくでしゅよ！　モーニャ！」

「いつでも大丈夫でーす！」

ライラはフルパワーで銀光の瓶を空へと高く放り投げる。それを追って飛び上がるモーニャ。

瓶が最高度に達したところで、モーニャが風の魔力を全力で解き放つ。

「えーい！　広がれー‼」

モーニャが爪を振るい、瓶を破壊する。

大気中に銀の粒がぱぁっと輝き、拡散した。

ライラの魔力で生まれた銀の粒子は太陽光を受け、閃光を生む。

閃光は誘魔の力を飲み込み、激しく中和する。

「や、やめろーーー‼」

ボルファヌ大公が切り札を封じられる予感に絶叫する。

「もう手遅れでしゅよ！」

ライラの宣言通りだった。

降り注ぐ銀の粒によって甘い匂いが即座に消え去る。

「う、うぅ……！　馬鹿な……！」

ボルファヌ大公が唖然《あぜん》と空を見上げる。ライラの反発薬はボルファヌ大公の魔法薬を完全に上回り、消し飛ばしていた。

同時にアビスワームの猛烈な敵意が消え失せていく。

アシュレイたちにもはっきりと誘魔の薬が打ち消されたのがわかった。

「……どうやら魔法薬は頼りにならないようだな」

「く、くそ……‼　奴の後ろで魔法薬を作っていたのはお前か！」

ボルファヌ大公に指差されたライラが胸をどーんと張る。

「そのとおーりでしゅ！」

アビスワームも唸りながら頭を動かしているだけ。

さらに大公派の兵もほとんどが戦意をなくしている。

「終わりだな。降伏するか？」

「くそっ、くそぉ……！　こんなはずでは……っ！」

ボルファヌ大公が息を荒げて悔しがる。

誘魔の薬も不発に終わり、打ち消しの魔力が充満している。

銀光の瓶に秘められた魔力はボルファヌ大公の数倍……とても上書きできない。

さらに兵も戦いを放棄しようとしている。

「はぁ、はぁ……！　うぐ、ぐぅぅ……！」

八方塞がりのボルファヌ大公は目を血走らせて打開策を考える。

そこに首を縮めたロイドがライラに疑問を投げかけた。

「で、あの魔物はどうなるんだい？」

「……あい？」

ライラが顔を向けると、アビスワームはさらに頭を右往左往させていた。

「シャアァ……？」

新作の昆虫系を寄せ集める魔法薬。それを打ち消す魔法薬。

ふたつの強力で馴染みのない作用がアビスワームの本能をかき回し、混乱させている。

空から戻ってきたモーニャがライラの周りで跳ねた。

「もう呼び集められちゃった魔物は……帰ってくれるんですか」

「えーと……」

本来は魔物が到着する前に打ち消し薬を使うのがベストだった、とは言えない。

ここからアビスワームがどう行動するか……全然読めなかった。

ボルファヌ大公が往生際悪く、わめき散らす。

「貴様ら！　我を守れぇ！」

「で、ですが……陛下に刃を向けるわけには！」

「無実であるなら、法廷に立つほうが……」

ボルファヌ大公が動かない兵に叫ぶ。

「ええい！　こうなったら……強行突破だ！」

切り札を失っても彼はまだ諦める気はなかった。

そばに残った数人の側近もボルファヌ大公に戸惑う。

「し、しかし……アビスワームはどうしたら……」

アビスワームは混乱しているが、刺激を与えたらどうなるかわからない。

矛先が大公側に向くこともあり得る。だが、焦るボルファヌ大公は怒声を飛ばした。

「うるさい！　このままここにいて、どうするつもりだ！　魔物がどうした！」

戦いの趨勢は決していた。アシュレイがバルダークへ命令を下す。

「……バルダーク！　謀反人を捕捉しろ！」

「はっ！　ただちに！」

バルダークが警戒しながらボルファヌ大公へ歩みを進める。

大公派の兵もバルダークを止めず、道を開ける始末だ。

「閣下、もう矛を収める時ですぞ」

「ぐっ、来るな！　我は捕まったりせんぞぉ！」

ボルファヌ大公が右腕を掲げ、魔力を集中させる。

とにもかくにも、捕まるわけにはいかない。

炎の魔力がボルファヌ大公の腕に集まり、業火が蛇のように渦を巻く。

「最後の手段だ……！　我が魔力を見せてやる！」

ボルファヌ大公は自暴自棄になっていた。

アシュレイはボルファヌ大公の軽率振りに呆れ果てる。

「馬鹿が……刺激するようなマネは止めておけ」

ボルファヌ大公の炎の蛇がさらに膨れ上がる。

その魔力の大きさはアシュレイの叔父というだけあり、この場の誰よりも大きかった。

「はぁはぁ……そう言われて止まる馬鹿がいるか！　さぁ、我が炎を受けてみろ――」

「…………」

アビスワームの群れが唸りを止め、巨大な魔力を発したボルファヌ大公に頭を向ける。

昆虫族の異質な瞳がボルファヌ大公へ注がれた。

「なに……？」

「シャアア……」

明らかな攻撃魔術の兆候を感じ取り、アビスワームが唸る。

「あー……」

モーニャが呆れた声を出す。刺激するなと言われたのに、ボルファヌ大公は思い切り攻撃魔術の準備をしてしまった。

敵味方もわからないのなら、もっとも敵になりそうなモノを攻撃する。それが本能だ。

「シャアアーー‼」

混乱したままのアビスワームがこの場でもっとも危険そうな魔力の使い手――ボルファヌ大公へと飛びかかる。

「なっ！　来るなぁー‼」

「うわぁぁっ！　逃げろー！」

ボルファヌ大公の兵も慌てて大公から離れ、逃げる。

だが肥満体のボルファヌ大公は逃げられない。やむなく彼は腕にある火炎の渦をアビスワームへと解き放った。

巨大な火炎がアビスワームの頭部に直撃する。

しかしこの程度で怯《ひる》む魔物ではない。

むしろアビスワームはボルファヌ大公を完全に敵として認識し、突撃した。

「うわぁぁぁー‼」

「シャアアアーー‼」

抗する術もなく、アビスワームがボルファヌ大公を押し潰す。

「…………」

アビスワームはそのまま地面に穴を掘ると、どこかへと潜っていってしまった。

あまりのことに大公とバルダークの両軍とも顔を見合わせるしかない。

地面に空いた大穴からはもう、ボルファヌ大公の声はしなくなっていた。

その中でいち早く気力を取り戻したアシュレイが呟く。

「……自滅したか」

「愚かな人でしゅた」

「うん、まぁ……」

アビスワームをけしかけようとしたボルファヌ大公も大公だが、それを打ち消したあげくにこんなことになってしまうとは。

ロイドはちょっと——いや、かなり引いていた。

「でもこれで一件落着でしゅよ！」

ライラの声にアシュレイが全員を見渡す。

すでに戦闘は終わっていた。あとは幕引きだけだ。

「そうだ。双方、これ以上無益な戦闘で血を流すことはない！　諸悪の根源であるボルファヌ大公は死んだ！　戦いは終わりだ！」

もとより戦意をなくしていたうえ、大公がいなくなっては抵抗する意味もない。

大公の兵が続々と武器を置いていく。

それはすなわち、ヴェネト王国を巡る内部闘争が終わったことを意味していた。

……こうして戦闘が終わり、負傷者の救助が始まる中、モーニャがふぅーと息を吐く。

「これで大丈夫ですかねぇ」

「でしゅね。とりあえず……きょーは終わりでしゅ」

なんだかあまりにも色々なことがあった気がする。もう四歳児の体力では限界だった。

ふらふらするライラの背をアシュレイが支える。

「疲れただろう。後のことは気にせず、ゆっくり休め」

「……いいんでしゅか？」

「もちろん」

アシュレイがライラへ微笑み、頭のてっぺんを撫でる。

大きな手がとても心地良く感じられた。

「よくやってくれた。さすがはサーシャと俺の子だ」

「……えへへ」

心と心で繋がっている。確かに、そうなのだ。

「とーさまも、無理はダメでしゅからね」

「わかっている。安心して寝てくれ」

ライラはゆっくりと目を閉じて、身体をすぐ後ろにいるアシュレイへと預け――眠気に誘われるまま、寝ることにした。

■エピローグ『冬が終わって』

その後、ボルファヌ大公の陰謀は白日の下に晒された。

彼の屋敷にたんまりと証拠が残されていたからだ。


事件から数日後、私――ライラは、体調が回復した父・アシュレイと一緒に、母の墓標がある聖堂に来ていた。

静かで、心が清められる。

荘厳な雰囲気の中、香炉の煙が聖堂を舞っていた。

私は隣の父の体調を気遣う。

「もう大丈夫なんでしゅか？」

「……問題ない」

私には到底、そうは見えなかった。

青白い顔はまだ不健康で、足を若干引きずっている。

「休まなくちゃダメですよ～」

私の懐の中にいるモーニャがぴょこっと口を挟む。

■エピローグ『冬が終わって』

「そういう場合でもないのでな」

誘魔の薬を製造してばら撒いていたのがボルファヌ大公だと確定し、ヴェネト王国は驚天動地の驚きに包まれようとしている。

大公自身は自滅したが、彼の派閥はまだ残っていた。もちろん諸外国との関係もある。

ここからも気が抜けないのは私もわかっていた。

「それに……報告は早くしたかった」

ぽつりとアシュレイが呟く。

今、この聖堂にいるのは私とモーニャ、アシュレイだけ。

神官さえもいない。家族水入らずの墓参りだった。

「サーシャは誇らしく思ってくれただろうか」

アシュレイがそっと生花を捧げる。

私は母を、サーシャのことを知らない。

前世を覚えていても、母のことだけは思い出せなかった。

でも、なんとはなく母の言葉はわかっていた。

「かーさまは認めてくれましゅ」

私の母は音楽が好きで、アシュレイに教え込んだ。

魔物に襲われて、自分の命よりも娘の命を優先した。

きっとあの神様はテキトーだけど、心打たれたのだ。母の選択と奇跡に。

根拠はないけれど、私はそう信じたい。

「そうですよ。これでヴェネト王国はますますよくなるんでしょう?」

モーニャがふんふんと頷く。

「やるべきことは多いがな」

「そこは安心させてほしいでしゅ」

ライラの頭にぽんとアシュレイの手が置かれる。

「ふふっ……春には落ち着いているさ」

今は真冬。数か月先にはなんとかなっていると……そう願いたい。

アシュレイがフルートを取り出す。

「だから、安心してくれ」

アシュレイがゆっくりとフルートに唇をつけ、演奏を始める。

この前と同じ——春の曲だ。

ただ、テンポは遥かにゆっくりであった。

「んっんー」

モーニャが気持ちよさそうにヒゲをぴくぴくさせている。

温かな気持ちがあふれ、聖堂に音が満ちる。

アシュレイの奏でる曲はサーシャへの手向けであった。
確か、ヴェネト王国の葬式や命日には音楽を奏でるのだとか。
国王であるアシュレイが演奏する、ということはめったにないだろうけど……。
だからこそ、私とモーニャだけがいる機会に。
母の愛した曲を捧げているのだろう。
……数分後、曲が終わる。
「ライラ、お前もリコーダーを持ってきているのだろう」
「あい……」
私は懐からじゃんとリコーダーを取り出した。
ここに来る前、シェリーから渡されたリコーダーである。
正直、私の音楽の腕前はまだまだ全然、豚が藁の上でごろごろするレベルである。
要はまぁ、幼稚園児レベルである。
「サーシャもきっと喜ぶ。ゆっくりでいい。奏でよう」
アシュレイが私の頭を撫で、また演奏する態勢に戻る。
そうまで言われたら、やらないわけにはいかない。
――喜んでくれるのかな。
モーニャが私の懐から飛び出し、宙を飛ぶ。

「じゃあ、あたしもリズムを取りますぅ！」

モーニャが空に浮きながら、風の魔力を躍らせる。

実はモーニャの操る風の魔力は音も出せるのだ。

なので、今だと私よりもずっと音楽が上手ではある。

「頼む」

「はーい！」

モーニャがゆっくりと前脚をふにふにっと動かす。

モーニャの魔力が大気を震わせ、音を形成する。

さっきのアシュレイの奏でた、春の曲。

目を閉じれば小川のせせらぎ、暖かな風、たんぽぽの綿毛……。

アシュレイがモーニャに合わせてフルートを吹く。

「んぐっ……！」

私も無我夢中にリコーダーを奏でた。

それはもう、とてもひどくて。

聖堂の雰囲気をぶち壊し、耳を塞ぎたくなる。

でも、それでもアシュレイは——私の父は、とても嬉しそうに曲を奏でていた。

◆

聖堂への墓参りが終わり、あっという間に冬が過ぎていく。

アシュレイは言った通りに流れを引き寄せ、門閥貴族との対立を優位に進めていった。

もちろんライラの魔法薬とバルダーク侯爵もその優位に一役買って。

門閥貴族の中核であったボルファヌ大公派は壊滅していった。

「……ということで一安心らしーでしゅね」

後日、ライラの工房にて。

ライラは聞いた話をそのままモーニャへ伝える。

モーニャはその話を聞きながら、ぽりぽりとビーフジャーキーをかじっていた。

「へぇー……もぐもぐ……」

「生返事でしゅねー」

「だって、聞いてもちんぷんかんぷんですもんー」

モーニャが自分のふわふわヘッドを両腕でもみもみする。

「まぁ、それはそうでしゅ。それよりも問題は……」

ライラがちらりと棚を見る。この工房ができて、数か月経っただろうか。

工房は今や、かなりの過密状態になっていた。

本も素材も棚を圧迫し、パンク寸前になっている。

「前は適度に売ってましたけど、今は増える一方ですもんね」

「本もドカドカ増えちゃいましゅた」

ちまちまと悪戦苦闘しながら鍋で調合するシェリーがふむふむと頷く。

「陛下に嘆願なさっては？」

「うーん……まだ少しは入るでしゅ」

珍しく歯切れの悪いライラ。モーニャがふわっと飛び上がり、シェリーのそばに着地する。

「とーさまは大変そうだから、さすがに言い出せないんですよ」

「はぁ……まぁ、ライラちゃんが頼むと最優先にしそうな気はしますけれど」

傍若無人なライラも政治闘争より自分の棚を優先しろとは言えない。そもそもこの工房も政治闘争の一環であったはずで……それを優先してしまっては本末転倒だ。

さらにアシュレイが工房にいる時間も以前より明らかに減っていた。

今が大切な時期なので仕方ないが。

アシュレイの地位はすなわち、未来のライラの地位でもある。

それをアレコレ言うほどライラの精神年齢は幼くない。

「……困らせたくはないんでしゅよね。まー、時期を見計らいましゅ」

「うぅ、ライラちゃん……」

健気なライラの姿にシェリーが感涙している。

が、そんなシェリーにライラがストップをかけた。

「シェリーしゃん！　涙を鍋に落とさないでくだしゃい！」

「えっ……まだ落としてませんけど」

「そのお鍋の中身に塩水はダメでしゅ！」

言われてシェリーが慌てて身体をそらせる。

「うーん、さすが主様……」

そして噂をすればなんとやら。

アシュレイが突然、側近を引き連れて工房を訪れた。

「おはよーでしゅ、とーさま！」

「ああ、おはよう。……ふむ、元気か？」

「あたちは元気でしゅよ。とーさまは――疲れてましゅね」

普段通りを装っているが、ライラにはアシュレイの疲労度がわかった。

「疲労度七十％って感じでしゅ」

「なんだその指標は……。だが、当たりだ」

アシュレイは本当にそこそこ疲れているらしい。

「ロイドしゃんは一緒じゃないでしゅね」

「彼は今、紅竜王国に戻って公務中だ。今週末には戻ってきて、しばらくここにいられるようだが」

「なるほどでしゅ」

ロイドの手を借りて集めたい素材があるのだが、そう待たなくても済みそうだ。

またあの竜の背に乗せてくれれば、高山の頂にあるあんな素材も深い谷底にあるあんな素材も……簡単にゲットできそうな気がする。

「ふぅ……」

工房の所定位置にアシュレイが座り、息を吐く。ライラがとことことそのそばに寄っていき——アシュレイの手をもみもみした。

「……何かあったのか」

「なんでもないでしゅ。お疲れのとーさまをちょっとだけ癒してましゅ」

モーニャがライラとは反対側の手の近くに飛び、アシュレイの手をもみもみする。

「じゃあ、反対側の手はあたしがやりますぅ」

「あ、ああ……」

珍しいこともあるものだ。

やや戸惑いながらもアシュレイはその好意を素直に受け取ることにした。

「ありがとう」

「あい、適度なろーどーは必要でしゅけど、無理はしないでくだしゃいね」

「四歳児の言葉とは思えん」

されるがままのアシュレイが工房を見渡す。

「落ち着いて見てみると、少々手狭になってきたな」

「まぁ、しょうがないでしゅ」

「この際だ、専用の離宮でも建てるか」

「いいんでしゅか!?」

ライラが猛烈に食いつく。おねだりするのは気が引けるが、建ててくれるというのなら全力で乗る所存だった。

「この工房の生み出す利益を考えれば、安いものだ。国民も納得しよう」

「おおー！　太っ腹ですねぇ」

「うむ。そこそこ広い用地を取り、量産体制も整えたい。書架も増やすべきだろうな」

「いいでしゅね！」

ライラがにこっと笑う。

「音楽の練習部屋もほしいでしゅ！」

「ほう、やる気だな」

アシュレイが頷くとライラが補足する。

「この前、文献で読んだんでしゅ。ある種の音楽は植物たんを育てるとか……」

意気込むライラにアシュレイとモーニャが眉を寄せる。

「主様……？　主様がお貴族様の音楽をやるとかいう話では？」

「……うむ」

ふたりの視線を受けて、ライラが慌ててさらに付け足した。

「そ、それもやりましゅが……どうせなら一緒に検証とかしたくないでしゅ？」

「そういうものか……？」

そこでライラが両腕の指をつんつんとする。

「だって、今のままだと……」

「うん？」

「人には聞かせたくないレベルでしゅ……」

恥ずかしがるライラにモーニャが前脚を掲げる。

「つまり、前の聖堂のレベルだと精神がもたないので、研究も一緒にやって少しは気晴らしをしたいと！　そーいうことですっ！」

「全部、言わないでくだしゃい！」

ライラが顔を赤くすると、アシュレイが顔を綻ばせた。

「そういうことか、わかった。研究用のスペースも付属させせよう」

■エピローグ『冬が終わって』

「本当でしゅか⁉」

アシュレイもライラの扱いに慣れてきていた。

ツッコミを入れるより、乗ってあげるほうがライラは喜ぶのだ。

「ただ、そうすると設計に少し時間がかかるかもだが……」

ライラがどんと胸を張る。

「待つでしゅよ！　グッドな設計図ができるまで待つでしゅ‼」

「もしかしたらライラには設計段階から入ってもらったほうがよさそうだな」

アシュレイの提案にモーニャがふもふもと自分の顔を揉む。

「じゃあ、あれですねぇー……ひろーいお風呂とか……」

「そうでしゅね、おっきい浄水施設があったら……素材もどひゃーってたっくさん洗えましゅでしゅ！」

「あとは新鮮な果物が食べられる果樹園とかー……」

「おおっ！　栽培もしたいでしゅね！　光苔とか、天然モノしかないなんて不便でしゅ！」

ふたりの言葉にシェリーがツッコむ。

「同じようで全然方向性が違うような……」

「ふっ、それもまたいいじゃないか。とりあえず離宮は早急に作らせよう」

ということでライラの新しい工房、もとい離宮を王都の中に建設することが決まった。

季節はそろそろ春になる。

窓の外の雪も溶けかけていた……新しいことを始めるにはぴったりだろう。

「で、それとは別件で隣のフェルスター王国からこんな依頼があってな」

ライラが調合の手を止めて、アシュレイの渡してきた紙を見やる。

『ヴェネト国王アシュレイ殿。フェルスター王国では現在、水質汚染に苦しんでいます。貴国の素晴らしい魔法薬の御力を借りて、この難題を解決してはもらえないでしょうか』

「フェルスター王国って海沿いにある国でしゅよね」

「ああ、ヴェネト王国とも長年友好関係にある国だ。どうだ、助けてもらえないか？」

アシュレイに問われ、ライラが腕を振り上げてどーんと胸を張る。

「あい！　魔法薬のことなら、あたちに任せてくだしゃいな！」

こうしてライラのどたばたとした日常は、まだまだ続くのであった。

あとがき

「はぁん……」

モーニャがクッションに寝転がりながら、クッキーを食べていた。

風の魔力でこぼれそうなクッキーの欠片をキャッチしながら。

最近、王宮暮らしで身につけてしまった怠惰な生活である。

部屋で紅茶をすするライラがさすがに苦言を呈する。

「食べ過ぎじゃないでしゅか、モーニャ」

「そんなことないですぅ……」

事件が終わった後、モーニャはこうやってのんびりするのが当たり前になっていた。

ライラも料理は上手である。魔物の肉料理や魚料理は絶品だ。

しかし王宮のお菓子は格別——別腹であった。

「だって色々なお菓子がでてくるんですもん」

モーニャが今つまんでいるクッキーもドライフルーツを織り込んだめちゃうまクッキーだ。

素材をぶった切って焼くのが主なライラ流キッチンとは全然違う。

「もぐもぐ……」

「モーニャ、そんなに食べると太るでしゅよ」

「ぎくっ……！」

ライラが手を伸ばし、モーニャの背中からお腹を撫でる。ぽよぽよ……。

とても良い触り心地だけれど、ちょっとたぷたぷしているような。

「主様……」

「すでに手遅れな感じがしましゅね」

「がーん！」

敬愛する主から冷徹な事実を告げられたモーニャ。

それでも取り出してしまったクッキーを食べてしまうのは、悲しい性だった。

「痩せる魔法薬とかありません？」

「むっ……その手がありまひたか。モーニャは賢いでしゅ」

「でしょう⁉　飲むだけで痩せる魔法があれば、いくら食べても大丈夫ですよ」

だが、ライラはモーニャのお腹を揉む手を止めずに言い放つ。

「そーいう魔法薬はすぐにはできないでしゅ。まずは食べる量を減らすでしゅ」

「ががーん‼」

……やはり、そう上手くはいかないらしかった。

りょうと かえ

転生チート王女、氷の魔術王に溺愛されても
冒険者はやめられません！
～「破壊の幼女」が作る至高の魔法薬が最強すぎるので万事解決です～

2025年4月25日　初版第１刷発行

著　者　りょうと かえ

発行人　菊地修一

発行所　スターツ出版株式会社

〒104-0031　東京都中央区京橋1-3-1　八重洲口大栄ビル７F
TEL　03-6202-0386（出版マーケティンググループ）
TEL　050-5538-5679（書店様向けご注文専用ダイヤル）
URL　https://starts-pub.jp/

印刷所　株式会社ＤＮＰ出版プロダクツ

ISBN　978-4-8137-9447-9　C0093　Printed in Japan

［りょうと かえ先生へのファンレター宛先］
〒104-0031　東京都中央区京橋1-3-1　八重洲口大栄ビル７F
スターツ出版（株）　書籍編集部気付　りょうと かえ先生